प्रकाश-वृत्ति

शनि : प्यार पर टेढ़ी नज़र

उपन्यास

रज़ा फ़ाउण्डेशन | THE RAZA FOUNDATION

शनि

प्यार पर टेढ़ी नज़र

पंकज कौरव

वाणी प्रकाशन

प्रकाश–वृत्ति
रज़ा फ़ाउण्डेशन और वाणी प्रकाशन का सह–प्रकाशन

वाणी प्रकाशन

4695, 21-ए, दरियागंज, नयी दिल्ली 110 002

फ़ोन : +91 11 23273167 फ़ैक्स : +91 11 23275710

शाखाएँ

अशोक राजपथ, पटना 800 004, बिहार

कॉफ़ी हाउस कैम्पस, महात्मा गांधी मार्ग, इलाहाबाद 211 001, उत्तर प्रदेश

महात्मा गांधी अन्तरराष्ट्रीय हिन्दी विश्वविद्यालय, वर्धा 442 001, महाराष्ट्र

सुल्तानिया रोड, मोतिया पार्क, भोपाल 462 001, मध्य प्रदेश

www.vaniprakashan.in
marketing@vaniprakashan.in
sales@vaniprakashan.in

SHANI : PYAR PAR TEDHI NAZAR
by Pankaj Kourav
ISBN : 978-93-89563-11-5
Novel

प्रथम संस्करण 2019

मूल्य : ₹ 199

यश प्रिंटोग्राफ़िक्स, नोएडा-201 301 (उ.प्र.) में मुद्रित

वाणी प्रकाशन का लोगो मक़बूल फ़िदा हुसेन की कूची से

यह उपन्यास सातवें दशक के अग्रणी कहानीकार श्री ज्ञानरंजन को समर्पित है। वे इसकी सबसे बड़ी प्रेरणा रहे। कुछ साल पहले एक फ़िल्म का स्क्रीन प्ले शुरू करने से पहले उन्हें यह कहानी सुनायी थी। मुझमें विश्वास जगाकर उन्होंने पटकथा की जगह उपन्यास लिखने बिठा दिया। 'पहले मुर्गी आयी या अण्डा' जैसी अबूझ पहेली सुलझ गयी। लेखक न होते हुए भी भीतर ठीक वैसी बेचैनी और परवाह पैदा हो गयी, जैसी मुर्गी को अपने अण्डे के लिए होती है। सालों–साल इस कहानी का अण्डा 'सेता' रहा। लिखने की धुन में 'टाइम्स–ग्रुप' की जमी–जमाई नौकरी छोड़ दी। इस बीच जब भी उनसे बात हुई, हालचाल में यह एक सवाल ज़रूर शामिल रहा–'कहाँ तक पहुँचा तुम्हारा उपन्यास?' निश्चय ही 'शनि' का यह स्वरूप उस सतत सवाल के बग़ैर सम्भव न हो पाता। उन्होंने अपने प्यार और प्रोत्साहन से सैकड़ों रचनाकारों को लेखन के लिए प्रेरित किया है।

अगर यह उपन्यास ज्योतिष से चमत्कार की आस में भटकते लाखों लोगों में से कुछ को भी ख़बरदार कर पाया तो मैं समझूँगा, मेरी कोशिश बेकार नहीं गयी।

आमुख

प्रकाश अत्यन्त प्रतिभाशाली कवि और आलोचक थे जिनका दुर्भाग्य से 2016 में दुखद देहावसान हो गया। वे एक भाषा–सजग शिल्प–निपुण कवि और सजग–संवेदनशील आलोचक थे। रज़ा फ़ाउण्डेशन ने उनकी स्मृति में 'प्रकाश–वृत्ति' स्थापित करने का निश्चय किया जिसके अन्तर्गत सुपात्र और सम्भावनाशील युवा कवियों और कलाकारों की पहली पुस्तकें प्रकाशित करने की योजना है।

पंकज कौरव का यह उपन्यास नयी ज़मीन पर लिखा गया है और उपन्यास की जो रिवायत रूढ़ हो गयी है उससे अलग है। रज़ा फ़ाउण्डेशन की प्रकाश–वृत्ति के अन्तर्गत इसे प्रकाशित करते हुए हमें प्रसन्नता है।

–अशोक वाजपेयी

अनुक्रम

वह शनिचर का दिन था

वाइफ़ और मोटर–बाइक की तलाश में निकला इन्सान कन्फ्यूज़ हो ही जाता है, ख़ासकर बाइक के मामले में नये–नये फ़ीचर्स और बढ़िया–से–बढ़िया मॉडल, लेकिन नीरव कान्त पर न जाने कब से बुलेट की सवारी का भूत सवार था। बुलेट मानी भी जाती है राजसी सवारी, कोई घोंचू भी उस पर ऐसा फ़बता है, मानो किसी चक्रवर्ती सम्राट का युवराज अपने रथ पर चला आ रहा हो। ढोल–नगाड़ों की कसर भी बाइक की गुर्राहट–भरी आवाज़ पूरी कर जाती है। किसी हॉलीवुड एक्ट्रेस ने सालों पहले अपने एक इण्टरव्यू में कहा था, 'अधिकांश पुरुष 'छोटे साइज़' की कुण्ठा के चलते बड़ी बाइक चुनते हैं। बाइक उनके लिए 'एक्सटेंशन' का काम करती है।' एक मध्यमवर्गीय परिवार से होने के चलते 29 साल के सॉफ़्टवेयर इंजीनियर नीरव कान्त का बुलेट चुनना 'एक्सटेंशन' से ज़्यादा 'टेंशन' साबित होता आया था। फिर एक दिन अचानक उसे अपने खड़ूस बाप से लाख रुपये मिल गये और इन नगद रुपयों के बलबूते पर बुलेट ख़रीदने का इन्तज़ाम हो गया। शोरूम में दाख़िल होते ही ठाठ की सवारी का सपना लगा कि अब बस साकार होने को ही है। नीरव की सबसे बड़ी ख़ुशी चन्द क़दमों की दूरी पर थी, पर दुनिया में दो प्राणी ऐसे भी होते हैं, जो दूर से ही ख़ुशियाँ सूँघ लेते हैं, एक बीवी और दूसरा बॉस। बस आ गया रघु रमण का फ़ोन–,

'हैलो नीरव, फ़ाइनल हुई तेरी मोटरसाइकिल की डील?''यस बॉस! मॉडल, कलर, एसेसरीज़ और पेमेंट सब फ़ाइनल है। बस थोड़ा–सा पेपर–वर्क और फिर डिलीवरी मिल जायेगी।' नीरव ने चहकते हुए कहा।

'ओके, लेकिन आज डिलीवरी मत ले, कल ले लेना। आज बाक़ी सब फ़ाइनल करके आ जा।'

'क्यों?' उसने चौंकते हुए पूछा।

'शनिवार है न। मैं तो आज अपनी कार में पेट्रोल तक नहीं डलवाता और तू सीधा मोटरसाइकिल की डिलीवरी लेगा, स्टुपिड? देख ज़मीन के नीचे से निकलने वाले पेट्रोलियम प्रोडक्ट, मेटल, गैस और स्टोन्स जैसी तमाम चीज़ें शनि से प्रभावित होती हैं।' रघु ने आगाह करते हुए कहा।

'हाऊ सुपरस्टीशियस यू आर!' नीरव ने भी जो मुँह में आया, कह दिया। हालाँकि तीर कमान से निकलते ही उसे जल्द ही होने वाले इंक्रीमेंट का ख़्याल भी आ गया, पर अकेले में रघु से वह इसी तरह बेधड़क बात करता था। उस पर रघु अनजाने में बाइक ख़रीदने में अड़ंगा डाल चुका था। पर्सनल लाइफ़ में दख़लअन्दाज़ी किसी के भी दिमाग़ का दही कर देती है। उसके दिल में आया कि अभी के अभी सारा गुबार निकाल दे...स्साला...इसके सुपरस्टीशन्स ने चार साल से जीना हराम कर रखा है। कुछ पूछने जाओ, अभी नहीं राहु–काल चल रहा है...! सिग्नेचर लेना हो तो सिर्फ़ ब्ल्यू पेन चाहिए, ब्लैक पेन से इनको पता नहीं क्या प्रॉब्लम है...मंगलवार को चिकन नहीं खाना, सेटरडे–सण्डे पीना मना। अब सोचो जो इन्सान दिन, टाइम, ग्रह–नक्षत्र देखकर खाता–पीता, उठता–बैठता हो, वह भला जीता कैसे होगा...! अकेला नीरव ही क्यों, रघु के अन्धविश्वास भरे व्यवहार से पूरा दफ़्तर परेशान भी था और गाहे–बगाहे इसी बात पर मज़े भी लेता था।

'यह महज़ अन्धविश्वास नहीं है नीरव...ख़ैर, मैंने जो कहना था, कह दिया। शनि को न्यौता देना है तो दो, तुम्हारी मर्ज़ी।' नीरव से मिली उपेक्षा के बाद रघु की आवाज़ में थोड़ी सख़्ती आ गयी। बॉस के बदले स्वर नीरव को दुबारा सोचने पर मजबूर करते दिखे। मामले की संजीदगी का कुछ एहसास भी उसे हुआ, लेकिन इससे पहले कि कोई और दुविधा हावी हो और ये रायता और फैले, नीरव ने दो–टूक फ़ैसला सुना दिया।

'मैं शनि के बाप से भी नहीं डरता रघु। लाइफ़ में कुछ अच्छा हुआ हो तो डरें भी। अब जब सब तरफ़ से लगी पड़ी है तो फिर किस बात की चिन्ता? तुमने वह शनि–शान्ति वाला जोक सुना है कि नहीं...। ओके

नहीं सुना। अच्छा तो सुनो, एक आदमी शनि–शान्ति की पूजा करवाने निकला। पण्डित ने कहा, 'दक्षिणा में हज़ार रुपये लगेंगे।' वह बोला, 'हज़ार तो नहीं हैं।' पण्डित का दिल पसीजा, बोला, 'अच्छा चलो पाँच सौ में हो जायेगा।' उस आदमी का फिर वही जवाब, 'पाँच सौ भी नहीं हैं।' पण्डित खीजकर बोला, 'अच्छा चलो सौ–पचास तो दोगे!' आदमी बोला, 'वह भी नहीं हैं।' बस पण्डित तमतमा गया, 'फिर पूजा कराने के लिए क्यों मरा जा रहा है? जब सौ–पचास भी नहीं है तो तेरा शनि भी कुछ नहीं बिगाड़ सकता...।' हमारा हाल भी ऐसा ही है। खोने को कुछ हो तो डरें भी...।

ख़ैर, रघु की नसीहत नज़रअन्दाज़ हो गयी। नीरव ने बाइक की डिलीवरी शनिवार के दिन ही ली। अब वह कोई संयोग था या फिर दुर्योग, यह कहना मुश्किल है, लेकिन बुलेट ख़रीदते ही लम्बे अरसे से ठहरी हुई नीरव की ज़िन्दगी ने तेज़ रफ़्तार पकड़ ली। रफ़्तार के अपने फ़ायदे हैं तो कुछ ख़तरे भी। यह बात शायद उसे तब तक पता नहीं थी और इस बात का अन्दाज़ा तो क़तई नहीं था कि उसके पास भी खोने के लिए बहुत–कुछ है...

बग़ैर मास्क वाला सुपर हीरो और एक डस्की ब्यूटी

ऑफ़िस के पार्किंग लॉट से निकलकर नीरव सीधे बराबर वाले एटीएम में घुस गया। सब ट्रीट माँगने लगे तो! उसने तुरन्त पाँच हज़ार का विड्रॉल ले लिया, इस बात से पूरी तरह अनजान कि किसी की पैनी नज़र उसी पर टिकी है। बाहर आकर ऑफ़िस के गेट की ओर बढ़ा ही था कि एक आवाज़ से क़दम रुक गये।

'बदले–बदले से जनाब नज़र आते हैं। क्या बात है मियाँ, बड़े ढीले लग रहे हो?'

नीरव ने पीछे मुड़कर देखा, अर्पिता थी। अर्पिता सिंह। उसकी टीम की सॉफ़्टवेयर डेवलेपर। रंग गेहुआँ। ऑफ़िस में उसे सब 'डस्की ब्यूटी' कहते थे, लेकिन पीठ पीछे। पता नहीं, कब–क्या सुना दे। उम्र नीरव से तक़रीबन डेढ़–दो साल कम ही रही होगी, 27 के आस–पास। वैसे अर्पिता थी तो बहुत समझदार, लेकिन कई बार अनजाने में या पता नहीं जान–बूझकर ऐसे बचपना दिखा जाती, जैसे बचकानापन कोई नया फ़ैशन हो। पन्द्रह दिन पहले उसने ऑफ़िस में अपने होम–सिक फ़ील होने का ख़ूब हो–हल्ला मचाया और छुट्टी लेकर दिल्ली चली गयी, अपने पेरेंट्स के पास। फ़िलहाल वह जोगेश्वरी–विक्रोली लिंक रोड की फुटपाथ पर ऑटो वाले से छुट्टे पैसे वापस लेने के इन्तज़ार में खड़ी थी। वहीं दूर से उसे नीरव नज़र आ गया था। एटीएम से बाहर आकर नीरव ने ग्लास–वॉल पर अपनी झलक देखी, बायें हाथ में हेलमेट लेकर दायें हाथ से बाल ठीक

किये और बिना अर्पिता की बात पर कोई ध्यान दिये एण्टरेंस लॉबी की तरफ़ बढ़ने लगा। पलभर में अर्पिता ने नीरव में आया यह बदलाव नोटिस कर लिया। ग़ौर करती भी कैसे नहीं, आज तक अर्पिता से इतना भाव किसी ने नहीं खाया था, कम–से–कम उसके सामने तो बिल्कुल नहीं। हाँ, यह और बात है कि अपनी पीठ–पीछे ख़ुद पर लिए जाने वाले चटख़ारों से भी वह अनजान तो नहीं ही थी। इसके लिए वह कई बार अपनी साँवली सूरत को जी भरके कोस चुकी थी। नीरव ठहरा गोरा–चिट्टा, टॉल एण्ड हैण्डसम। बिल्कुल मॉडल वाला परफ़ेक्ट लुक, लेकिन फ़िलहाल तो हालत यह थी कि कल तक जिसे वह ऑफ़िस का सबसे 'कूल डूड' समझती रही थी, वही इस वक़्त उसे लल्लू लग रहा था। 'ओ गॉड! यह कैसा दिखता है, कैसे बोलता है, कैसे चलता है! ईडियट टाइप!' फिर उसे अचानक एटीएम के ग्लास–वॉल पर अपना थोबड़ा देखकर बाल बनाने की चुल भला कैसे चढ़ गयी! चिढ़ी हुई अर्पिता ने दुबारा सवाल दाग दिया, 'हेलमेट लेकर ऐसे ही चमका रिया है या सच में नयी बाइक ख़रीद ली तूने?'

नीरव ने अर्पिता का सवाल अनसुना करके अपना सवाल दाग दिया, 'अरे! तू कब आयी?'

'बात मत पलट भूतनी के। जो पूछ रही हूँ, उसका जवाब दे सीद्धे–सीद्धे।'

अर्पिता का प्यार से बात करने का यही तरीक़ा था। बात करते–करते वह अचानक किसी भी फ़िल्मी किरदार में समा जाती। दिल्ली के शाहदरा की रहने वाली थी। ईस्टर्न दिल्ली के शाहदरा–सीलमपुर इलाक़े का डायलेक्ट अक्सर उसकी ज़ुबान पर होता। कभी–कभी उसके बात करने का ढंग लड़कों तक को शर्मसार कर जाता। ऑफ़िस में एक नीरव ही था, जिसके एटीट्यूड से उसे कड़ी टक्कर मिलती थी...पर आज अर्पिता उस पर भी भारी पड़ती दिखी। नीरव ने घबराहट में आस–पास देखा। फिर कोई जवाब दिये बिना वापस अपना सवाल दोहरा दिया–

'तू आयी कब?'

'अबे दिखायी नहीं देता? लगेज–बैग पर ये देख एयरलाइन कम्पनी का टैग?' अर्पिता ने अपने लगेज–बैग से लटका टैग दिखाते हुए कहा, 'अभी घण्टे भर पहले मुम्बई लैण्ड किया है और उतरते ही पकड़ लिया पवई

का ऑटो, सीद्धे ऑफ़िस...'

'ऐ लो! कर दी न पैसे की बर्बादी। मैंने सुना था चुड़ैलें झाड़ू पर बैठकर अपना सफ़र तय करती हैं। तू तो फ्लाइट पकड़कर दिल्ली से वापस आ गयी। कितना लगा, टिकट का...?'

'ये हुई न बात! अब लग रहा है कि नीरव कान्त से मुलाक़ात हो रही है। क्या चूतियों की तरह एटीएम का काँच देखकर बाल बना रहा था? आवारा लौंडों वाली हरकतें न किया कर, सूट नहीं करतीं तेरे पे।'

'बेड़ा गर्क... इस चुड़ैल की नज़र पड़ गयी। अब हमारी तरफ़ कोई देखने से रही। तूने आते ही नज़र लगाना शुरू कर दिया।'

नीरव की बात सुनकर अर्पिता हँस पड़ी। नीरव भी हँसा, लेकिन अर्पिता को अपने मन में उठे सवाल का जवाब अब भी नहीं मिला था। दोनों बातें करते हुए अपने क्यूबिकल्स तक आ गये। दूर बैठे रहकर भी दोनों में बातें होती रहीं। यह सब अर्पिता को नीरव की पर्सनेलिटी का बिल्कुल नया रूप लग रहा था। दिमाग़ नीरव में आये बदलाव पर अटका था। नयी बाइक के साथ ही क्यों सामने आया नीरव का यह नया रूप? महँगी बाइक आते ही कोई इतना कैसे बदल सकता है? आमतौर पर इतनी बातें कहा करता था नीरव...अक्सर चुप ही रहता था। नौकरी के लिए ऐसी सीरियसनेस जैसे साल–दो साल में सीईओ बनने का टारगेट हो। बस काम से काम। हालाँकि नीरव से ऐसे खुलकर बातें करने के लिए वह ख़ुद तरसती रही थी, पर अब जबकि नीरव ख़ुद उससे ढेरों बातें किये जा रहा था तो न जाने क्यों उसके मन में शक–सा उभर रहा था। रही बात ख़ुद उसके अपने बातूनी स्वभाव की तो अर्पिता का यही स्टाइल था। वह आस–पास हो और बक–बक सुनायी न दे! ये तो हो ही नहीं सकता। जब तक कोई टेंशन वाला काम सिर पर न आ पड़े, उसकी बातें ख़त्म होने का नाम ही नहीं लेतीं। पूरा ऑफ़िस जानता है कि उसे ख़ाली छोड़ने का मतलब लास्ट फ्राइडे रिलीज़ पर कॉमेन्ट्री या फिर किसी पसन्दीदा टी.वी. सीरियल की बात। सास–बहू का ड्रामा उसका फ़ेवरिट था।

अक्सर कहती कि ऐसे घर में दुल्हन बनकर जाऊँगी, जहाँ सास नाम की डायन का साया ही न पड़े। एक दिन लंच के वक़्त नीरव के मुँह से ग़लती से निकल गया था कि उसकी माँ नहीं हैं। खाना मेड बनाती

है। बस उसके बाद से तो मैडम जी का सारा फोकस नीरव पर सिमट गया। नीरव जब भी ऑफ़िस में दाख़िल होता, उसकी धड़कनें बढ़ जातीं। उससे पहले अर्पिता जब भी लाइफ़ पार्टनर की बात सोचती थी, तो कोई–न–कोई सुपर हीरो ऊँची–ऊँची इमारतें फाँदता हुआ आता और उसे बाँहों में उठाकर ले जाता। पता नहीं कितने स्पाइडरमैन, बैटमैन और न जाने कौन–कौन से मास्क वाले हीरो उसकी जागती आँखों के सामने तैर जाते थे। इन्सानों के लिए मानो उसके सपनों में 'नो एण्ट्री' का बोर्ड लगा था। ऐसा नहीं कि उसे अपनी निर्दयी सोच पर लानत महसूस नहीं हुआ... थोड़ा–बहुत गिल्ट ज़रूर फ़ील होता था, पर किसी दुष्ट सास के चक्रव्यूह में फँसकर सांस लेने के डर के सामने यह अपराध–बोध बेहद मामूली था। अब का सीन तो यह है कि बिना सास वाले घर की आस में वह नीरव की तरफ़ खिंचती चली गयी।

सीरियल और हॉलीवुड ही नहीं, बॉलीवुड का मसाला रोमांस भी उसे ख़ूब मज़ा देता था। हिन्दी फ़िल्मों के पागलपन का भूत तो कुछ ऐसा सवार रहता कि अक्सर वह अपनी नॉर्मल बातचीत भी फ़िल्मों के हिट डायलॉग में ही करती। आज लंच ब्रेक में भी यही हुआ। नीरव की प्लेट में आलू का पराँठा रखते हुए अर्पिता फिर शुरू हो गयी।

'प्यार से दे रहे हैं, खा लो, वरना बच गया तो हम कुत्ते को भी खिला सकते हैं।'

अर्पिता की बात सुनकर तान्या, अभिलाष, मैथ्यू और दानिश सब के सब हँस पड़े। लंच ब्रेक में पूरे छह लोगों की टीम एक राउण्ड टेबल के इर्द–गिर्द एक साथ खाना खाने बैठा करती थी। उस दिन अर्पिता ने बाहर से ऑर्डर करके आलू के पराँठे और पनीर टिक्का मसाला मँगवाया था। उसे छोड़कर बाक़ी सब घर से टिफ़िन लाये थे। नीरव को एक बार छेड़कर उसका जी नहीं भरा।उसने तान्या को आँख मार कर कुछ इशारा किया और वापस शुरू हो गयी।

'क्या रोज़–रोज़ बाई के हाथ का खाना खाते हो? कभी बाहर की बिरयानी भी चख लिया करो।'

'शुक्र है बाई के हाथ का खाते हैं, वाइफ़ के मोहताज़ नहीं। बस पूरी लाइफ़ इंज्वॉय करने का इरादा है अपना। वैसे भी एक लीटर दूध के लिए

अपने गले से गाय नहीं बाँधी जाती।'

इस बार लॉफ्टर–ब्लास्ट नीरव की बात पर आया। अपनी जीत दर्शाते हुए उसने अर्पिता की प्लेट से एक पनीर का टुकड़ा उठाया और चट कर गया। अर्पिता भी कहाँ पीछे रहने वाली थी।

'रुक जा बेटा। माँ क़सम इस पनीर टिक्के का बदला लेकर रहूँगी। कब दे रहा है बाइक की ट्रीट? दस–बारह हज़ार से कम का बिल न बनवाया तो मेरा नाम अर्पिता नहीं।'

नीरव की सिट्टी–पिट्टी गुम हो गयी। ट्रीट के लिए उसका बजट सिर्फ़ पाँच हज़ार था। वह भी पूरी टीम के हिसाब से। अब यह अकेले की चपत उसे बहुत ज़्यादा लग रही थी। फिर भी वह अपनी इस फ़िक्र पर साफ़ बच निकला और दिलेरी भरी लापरवाही से बाइक की चाबी टेबल पर रखते हुए बोला–'तू बिल की चिन्ता छोड़। डेढ़ लाख की बाइक है। छोटी–मोटी पार्टी दी तो इसकी तौहीन हो जायेगी। जब ट्रीट का मन हो, बेहिचक बोल देना। नीरव कान्त का वादा है, दिल्ली वालों की तरह छोले कुल्चे की पार्टी नहीं दूँगा।' अर्पिता की तरफ़ देखते हुए नीरव ने जैसे ही अपनी बात पूरी की, अर्पिता ने मुँह चिढा दिया। ख़ैर बात आयी–गयी हो गयी। छह बजे के आस–पास दफ़्तर ख़ाली होने लगा। नीरव ने भी सामान समेटा और बाइक की चाबी का छल्ला घुमाते हुए बाहर की तरफ़ चल दिया। 'ओ महापुरुष! हमें यहाँ अकेला छोड़कर कहाँ चल दिये?' अपनी बात कहते–कहते अर्पिता ने तान्या को हाथ हिलाकर बाय का इशारा किया और नीरव की तरफ़ बढ़ गयी।

'अमाँ बड़े बेमुरव्वत इन्सान हो यार! तुम्हारी कॉलीग इतना सारा लगेज लेकर ऑफ़िस आयी है। एक पल के लिए भी नहीं सोचा कि उसकी थोड़ी मदद कर दें। इतना तो तुम भी जानते हो, छह बजे के बाद पवई में भगवान मिल सकते हैं, पर ऑटो नहीं। मैं एक अदद ऑटो की तलाश में कहाँ–कहाँ भटकूँगी? इतना सामान लेकर घर तक कैसे जाऊँगी?'

नीरव की आँखों में झाँकते हुए वह बेधड़क अपनी बात कहे जा रही थी। जैसे उसने सब–कुछ पहले से तय कर रखा हो। नीरव के पल्ले बात तो सारी की सारी पड़ गयी, फिर भी नादान बना अर्पिता की सारी बात सुन रहा था।

'ऐ लो! तू तो ऐसे देख रहा है, जैसे तेरी पोल खुल गयी हो। तेरी डीपी देखकर ही लग गया था, तूने कोई बाइक–वाइक नहीं ख़रीदी। शोरूम गया होगा, बाइक पर बैठकर पोज़ किया और लगा दी डीपी।'

'तू फिर शुरू हो गयी। निकाल अपनी झाड़ू और सवार हो जा। पाँच मिनट में उड़के घर पहुँच जायेगी चुड़ैल।' नीरव ने भी जैसे को तैसा जवाब दिया और आगे बढ़ गया। उसके नज़रअन्दाज़ करते ही अर्पिता के स्वर बदल गये।

'अरे नीरव सुन तो, मैं मज़ाक़ नहीं कर रही। प्लीज़ ड्रॉप कर दे यार। हाईवे पर ही छोड़ देना। देख न नीरव, साथ में बड़ा बैग है।' कहते–कहते अर्पिता ट्रॉलीपुल बैग खींचते हुए नीरव के पीछे लगभग भागती जा रही थी। ऑफ़िस की बिल्डिंग से बाहर निकलकर नीरव ने उसे वहीं खड़े रहने का इशारा किया। पार्किंग लॉट से बाइक पर सवार होकर वह वापस निकला, तब तक तान्या और अभिलाष भी बाहर आ गये थे। दोनों साथ खड़े अर्पिता से बातें कर रहे थे। तान्या सिन्हा और अभिलाष दत्तात्रेय, उनके ऑफ़िस का एक ऑलमोस्ट ऑफ़िशियल कपल। अभिलाष के पिता पुणे के एक बड़े बिज़नेसमैन थे। तान्या देहरादून की रहने वाली थी। उसके फ़ादर आर्मी से रिटायरमेंट के बाद देहरादून में सेटल हो गये थे। तान्या और अभिलाष के 'लिविंग इन रिलेशन' की चर्चा ऑफ़िस में आम बात थी। चन्द क़दमों के फ़ासले पर ही हीरा नन्दानी में अभिलाष का एक वेलफ़र्निश्ड फ़्लैट था। शुरुआत में दफ़्तर आते–जाते लोगों को यह जोड़ा कहीं–न–कहीं नज़र आ ही जाता था। आये दिन सबके पास इनकी कोई–न–कोई चटखारेदार कहानी होती। दोनों ने खुलेआम 'लिविंग इन' में रहने की घोषणा क्या की, लोगों से पीठ पीछे गॉसिप करने का मौक़ा ही छिन गया।

ख़ैर, नीरव के पार्किंग लॉट से बाहर आते ही अर्पिता ने फ़ाइनली दोनों को बाय–बाय कहा और बाइक की पिछली सीट पर सवार हो गयी। लगेज बैग उसे नीरव और अपने बीच में रखना पड़ा। पैकिंग के वक़्त उसे अपने बैग पर जितना प्यार आया था, अब उतना ही ग़ुस्सा आ रहा था। एक तो गधे की तरह इसे ढोने की मुसीबत, ऊपर से वह रोड़ा बना भी तो कहाँ...। उसके और नीरव के बीच आकर। वह बैग अब उसे सबसे बड़ा दुश्मन लग रहा था। काश! बैग के अन्दर वह एंटिक वैनिटी बॉक्स

न होता, जो उसे मौसी ने दिल्ली हाट से ख़रीदकर गिफ़्ट किया था। और हाँ, वह लाल चूड़ीदार अनारकली सूट, जो इस साल उसने होली से पहले माँ से ज़िद करके ख़रीदवाया। पूरा सरोजनी नगर मार्केट छानने के बाद एक वही सूट था, जो पहली नज़र में पसन्द आया था। सबसे फ़ेवरिट सूट का ख़याल आया तो पीछे–पीछे कई टॉप भी उड़ते हुए उसके ज़ेहन में चले आये। हर महीने की सैलरी से पैसे बचा–बचा कर बान्द्रा के लिंक रोड मार्केट से ख़रीदे थे। बैग में रखी इन तमाम चीज़ों का ख़याल न होता तो ग़ुस्से में बैग उठाकर फेंकना उसके लिए ज़्यादा मुश्किल काम नहीं था। बहरहाल, उसने नीरव की कमर में हाथ डालकर बैठने की इच्छा फ़िलहाल ड्रॉप कर दी। एक हाथ से मज़बूती के साथ बैग पकड़ा और दूसरे हाथ से बाइक के पीछे की सपोर्ट को थाम लिया।

'किस रास्ते से चलें?' आगे बढ़ने से पहले नीरव ने रास्ता कन्फ़र्म करना ज़रूरी समझा। 'अब तो मैं तुम्हारे पीछे बैठ गयी हूँ। जिस रास्ते से लेकर चलोगे, साथ चलूँगी' अर्पिता ने शरारत–भरा जवाब दिया। नीरव ने बाइक आगे बढ़ा दी, पर अर्पिता की बात अभी ख़त्म कहाँ हुई थी। एक गहरी ठण्डी साँस लेते हुए बोली।

'नीरव बाबू, मेरा यह आधे घण्टे का सफ़र अब तुम्हारे हाथ में है। चाहे जहाँ से ले चलो। मुझे तुम पर पूरा भरोसा है कि किसी ग़लत रास्ते से लेकर नहीं जाओगे।'

'दरअसल, मैं आरे कॉलोनी से होकर जाता हूँ। वहाँ थोड़ा कम ट्रैफ़िक होता है। फिर अँधेरा होने में अभी आधे घण्टे का वक़्त है।' नीरव ने पीछे मुड़कर कहा।

'हूँऽऽह अँधेरे से कैसा डर? परछाईं साथ छोड़ देती होगी, पर अर्पिता वादा करती है तो आख़िरी वक़्त तक साथ देती है। बोलो तो वादा भी कर देती हूँ।' इतना कहने के बाद वह एक पल के लिए रुकी, शायद नीरव के मन की गहराई नापने। अन्दाज़ा नहीं मिला तो उसने आगे बात बदलने में भलाई समझी।

'अरे बौडम! दोनों रास्ते गोरेगाँव होकर जाते हैं। विक्रोली जोगेश्वरी लिंक रोड से चलोगे, तब भी ठीक और आरे कॉलोनी होकर जायेंगे, तब भी पहुँचेंगे गोरेगाँव ही।'

अर्पिता की बातें नीरव बिल्कुल भी सीरियसली नहीं ले रहा था, जबकि अर्पिता सीरियस लग रही थी। उसने साथ जाने के बहाने नीरव से वह सब कह दिया था, जो न जाने कब से कहना चाहती थी, पर कभी मौक़ा ही नहीं मिला। लिहाज़ा, अर्पिता की एकतरफ़ा बातों के बीच कब गोरेगाँव आ गया, उसे पता ही नहीं चला। अपने वादे के मुताबिक़ अर्पिता ने गोरेगाँव फ्लाइओवर के नीचे रुकने को कहा।

'बस–बस, यहीं रोक दो। ओबेरॉय मॉल के सिग्नल पर। यहाँ से मैं ऑटो लेकर चली जाऊँगी।'

'चलो घर तक छोड़ देता हूँ। आई नो, यहाँ भी आसानी से ऑटो नहीं मिलने वाला।'

नीरव ने तो उदारता दिखाते हुए एक प्रैक्टिकल बात कही थी। उसे कहाँ अन्दाज़ा था कि अर्पिता एक और बम गिरायेगी।

'अच्छा जी! जनाब को बहुत जल्दी है हमारा घर देखने की...'

अर्पिता ने नीरव के कन्धे पर अपना हाथ दबाते हुए कहा, फिर अगले ही पल ख़ुद ही ऐलान कर दिया।

'अच्छा चलो, सिग्नल से राइट ले लो।'

वेस्टर्न एक्सप्रेस हाइवे पीछे छूट गया। बाइक मुड़ी और ओबेरॉय मॉल के सामने से होते हुए फ़िल्म सिटी के रास्ते पर चल पड़ी।

'आगे वाले सिग्नल से फ़िल्म सिटी की तरफ़ मत मुड़ जाना। सीधे चलो। वह सामने पहाड़ियों के पास जो आई.टी. पार्क नज़र आ रहा है न? बस उसके पास दायें हाथ की पहली बिल्डिंग है।'

राइट टर्न लेते ही अर्पिता ने बाइक रोकने के लिए कहा, 'रुको...बस–बस यहीं रोक दो।'

बैग लेकर हाउसिंग सोसाइटी की ओर जाते हुए अर्पिता के क़दम अचानक रुक गये। मुड़कर नीरव की ओर देखते हुए बोली, 'अब ये मत कहना, तुम्हारा बैग उठाकर घर तक ले चलता हूँ।'

उसकी बातों में फिर शरारत तैर गयी। आँखों में प्यार का रंग साफ़ नज़र आ रहा था। अब तक बेपरवाह बना हुआ नीरव अब उन आँखों की

कशिश में खिंचता जा रहा था। वक़्त थम–सा गया। कुछ देर अर्पिता की ओर अपलक देखने के बाद वह बोला, 'ठीक है, ये भी सही। लाओ बैग दो मुझे।'

'रहने दो, लिफ़्ट है मेरी बिल्डिंग में।'

कहते हुए अर्पिता खिलखिलाकर हँस पड़ी। अर्पिता की वह हँसी उसे बाँध रही थी। उसकी हँसी में एक सधी हुई लय थी, जैसे कोई मीठी धुन हो, जैसे कलरव करते हज़ारों पक्षी अँधेरा होने से पहले अपने नीड़ की ओर लौट रहे हों। अर्पिता भी नीरव की आँखों में उम्मीद बनकर झाँकती रही। उसने महसूस किया कि लापरवाही की बर्फ़ कुछ पिघल–सी रही है...

अचानक उसका जादू टूट गया। नीरव ने बाइक के पेट्रोल टैंक पर रखा हेलमेट पहनने के लिए वापस ऊपर उठाया और सेल्फ़स्टार्ट बटन पुश कर दिया।

'अरे, तुम तो बुरा मान गये! मैं तो बस मज़ाक़ कर रही थी। अच्छा, अब चलो भी ऊपर, सेकेंड फ़्लोर पर मेरा फ़्लैट है। पहली बार आये हो। कम–से–कम एक कप कॉफी पीकर जाओ।'

'नहीं, फिर कभी।'

'कब?'

अर्पिता का मन पूछने के लिए बेक़रार दिखा। होंठ थिरककर रह गये, लेकिन आवाज़ नहीं निकली। शायद वह नीरव का ही दुर्भाग्य था, क्योंकि भीतर तक कमज़ोर कर देने वाला ज़िन्दगी का सफ़र उसे अकेले ही तय करना बदा था। फिर इस कहानी के भाग्य में भी यहीं ख़त्म होना कहाँ लिखा था। अभी कई मोड़ बाक़ी थे।

बी.एम.डब्ल्यू. का फ़ील

अगले दिन नीरव की बाइक ऑफ़िस जाने के तय वक़्त पर स्टार्ट हुई। संजय गाँधी नेशनल पार्क की तराई वाले इलाक़े से धुएँ की एक पतली–सी लक़ीर उठी। तेज़ी से हाईवे की ओर बढ़ी और आगे वेस्टर्न एक्सप्रेस हाईवे पर बह रही गुबार की महानदी में जाकर विलीन हो गयी। रोज़ाना अहमदाबाद की ओर से मुम्बई में ट्रैफ़िक का सैलाब दाख़िल होता है। कान्दिवली पहुँचने तक उसकी रफ़्तार सुस्त पड़ने लगती है। सुनामी में बहते जा रहे सामान और गाड़ियों की तरह एक–दूसरे से अटकते–टकराते दो और चार पहियों पर सवार लोग रुख़ तो मुम्बई की रफ़्तार का करते हैं, लेकिन ट्रैफ़िक जाम में ठहरे–ठिठके हुए से नज़र आते हैं।

ट्रैफ़िक में फँसे बेचैन और परेशान से दिखने वाले ये लोग नीरव को ख़ुद–से ही लगते, जिन्हें ज़िन्दगी में आगे जाने की चाह है, जो भीड़ को चीरकर आगे बढ़ना चाहते हैं। जिस भी शख़्स के चेहरे पर उसे सुकून नज़र आता, वह चेहरा अचानक उसे अपने पिता केतन कान्त जैसा लगने लगता। एक ऐसा थका हुआ इन्सान, जिसने रिटायरमेंट की उम्र से काफ़ी पहले वी.आर.एस. ले लिया, जैसे कान्दिवली के उस टू–बी.एच.के. फ़्लैट का बकाया होम–लोन चुकाना ही उसके जीवन का अकेला मक़सद रहा हो। पिता से उसकी चिढ़न और कुढ़न की सैकड़ों वजहों में से यह सिर्फ़ एक थी। हद है, कोई चलता–फिरता तन्दुरुस्त इन्सान ऐसा कैसे कर सकता है! ऐसे जीवन का क्या फ़ायदा, जिसमें कोई बड़ा लक्ष्य ही न हो। इसी डरावने ठहराव से बचने के लिए वह बाइक ले आया था, मानो बाइक की रफ़्तार

उसकी ज़िन्दगी को भी किसी ऐसे ही ठहराव से बचा लेगी।

ट्रैफ़िक जाम कितना ही लम्बा क्यों न हो, वह साइड से बाइक निकालता और एक गर्वीली मुस्कान बिखेरकर आगे निकल जाता। जब कभी कोई अपनी खटारा बाइक पर ख़ूबसूरती का पिटारा लिए उसे ओवरटेक करता तो नीरव का ख़ून खौलने लगता। जब तक रेस देकर उसे पछाड़ न दे, नीरव को चैन नहीं मिलता था। हालाँकि पिछली सीट ख़ाली रखने का फ़ैसला भी ख़ुद उसी का ही था। भूले–भटके कभी नीरव का दिल करता भी कि अपनी बाइक की पिछली सीट पर किसी को बिठाये और लम्बी राइड पर निकल जाये...पर नहीं। उसी पल वह अपने–आप को अपनी ही क़सम याद दिलाने लगता। लड़कियों के चक्कर में बहुत लाइफ़ बर्बाद कर ली। फ़िलहाल उसका टार्गेट जल्दी से जल्दी तरक़्क़ी पाना है, कामयाब होना है। इसी धुन में अचानक उसे याद आया, अभी तो नयी बाइक की ट्रीट भी बाक़ी है। ऑफ़िस पहुँचने पर उसकी टीम से अर्पिता, तान्या, अभिलाष, दानिश, मैथ्यू सबके सब जैसे उसी के इन्तज़ार में खड़े थे। उनके मुँह खोलने से पहले ही नीरव बोल पड़ा–

'हाँ यार, याद है ट्रीट वाली बात। आज शाम ऑफ़िस के बाद कहाँ चलना है? तुम लोग बस वैन्यू डिसाइड कर लो।' नीरव ने लैपटॉप बैग और हेलमेट टेबल पर रखते हुए कहा। जवाब देने में बेसब्री दिखाते हुए तान्या बोली–'तेरी ट्रीट से भी बड़ी ब्रेकिंग न्यूज़ है हमारे पास। बॉस ने रिज़ाइन कर दिया।'

'कौन...? रघु?' शॉक से नीरव उछल पड़ा। 'इम्पोसिबल! अगर ऐसा होता तो रघु मुझे सबसे पहले बताता। तुम लोगों को सुबह–सुबह कोई और नहीं मिला क्या?'

'ठीक है, मत मान। माइक्रोसॉफ्ट का ऑफ़र है, कैन यू इमेजिन?' तान्या की यह बात सुनकर नीरव का दिल धक्क से रह गया। चेहरे पर आशंकाएँ उभरती चली गयीं।

'देखो, इसका चेहरा देखो! साले, अब ज़्यादा ओवर एक्टिंग मत कर। सब जानते हैं कि रघु के पीछे–पीछे सबसे पहले येइच्च माइक्रोसॉफ्ट जायेगा!' अभिलाष ने नीरव से चुहल शुरू कर दी।

'यार पकाओ मत। मैं ख़ुद शॉक्ड हूँ। रघु बड़ा छिपा रुस्तम निकला।

बताओ किसी को कानोकान ख़बर तक नहीं होने दी!' नीरव ने कहा।

'वह तू ख़ुद देख ले। बाप की तरह सिर पर बिठाये कौन घूमता था उसे?' अभिलाष ने अबकी बार और भी पैना तंज़ कसा।

'छोड़, मैं अपने बाप तक को सिर पर न बिठाऊँ, ये रघु क्या चीज़ है?' नीरव अचानक तैश में आ गया। सच की कड़वाहट कई बार इस तरह भी ज़ुबान पर उतर आती है। जगज़ाहिर सच है कि प्राइवेट नौकरी में कुछ बॉस हमेशा बाप बनने की कोशिश करते हैं। ऐसा जताते हैं, मानो उनके अलावा दुनिया में कोई आपका हितैषी नहीं। दूसरी तरफ़ एक नज़ारा ऐसा भी रहता है कि कुछ लोग ख़ुद अपने बॉस को सिर–आँखों पर बिठाये फिरते हैं, बिल्कुल बाप बनाने पर उतारू। नीरव भी तो यही करता आया था अब तक। बॉस नहीं, अपना 'बाप' ही तो बना बैठा था वह रघु को। अब वह बाप भी नयी माँ के पास जा रहा था। ऐसे में यह ख़बर शॉक नहीं, सदमे की तरह उसे मिली।

दरअसल, इस कम्पनी में काम करते हुए उसे चार साल हो रहे थे। उसके सामने आया रघु रमन पहले तो उसका 'बाप' यानी बॉस बनकर सर पर आ बैठा और अब देखते ही देखते फुर्र....होकर माइक्रोसॉफ्ट जा रहा है, जबकि एक अदद प्रमोशन तक के इन्तज़ार में उसने ख़ुद को वहीं का वहीं खड़े पाया। वैसे टीम में सबसे पुराना होने के नाते नीरव का दर्जा सीनियर जैसा ही था, लेकिन सिर्फ़ कहने–भर के लिए। औपचारिक तौर पर उसका प्रमोशन अरसे से ड्यू था। नौकरी बदलने की कोशिशें बेकार साबित हो चुकी थीं। ले–देकर अब एक रघु का ही सहारा था। रघु ने उससे इस साल प्रमोशन का वादा किया था। कम्पनी रघु को प्रमोट करने वाली थी। क्या पता रघु की जगह उसे ही मिल जाये। टॉप मैनेजमेंट से हुई ये सब बातें ख़ुद रघु ने ही उसे बतायी थीं। रघु के इस तरह अचानक से पलटी मारने ने उसकी सालों की मेहनत पर पानी फेर दिया था। बाक़ी लोग उसकी कड़ी मेहनत तक को बॉस की 'बटरिंग' मानते थे। इस वक़्त भी अभिलाष वही बातें गिनाकर उसे उकसाये जा रहा था। हालाँकि नीरव को तैश में आता देख अभिलाष ने तुरन्त हथियार डाल दिये।

'अच्छा बाबा, माफ़ कर। मैं तेरी टाँग खींच रहा था। अब चल भी, भागते भूत की लँगोट खींचते हैं। आज का एजेंडा है कि रघु से पार्टी लेकर रहेंगे। क्या समझा?'

अभिलाष नीरव को थपकी देकर आगे बढ़ गया। उसके पीछे बाक़ी सब भी रघु के केबिन की ओर चल दिये। रघु ने लैपटॉप पर से नज़रें हटाकर बारी–बारी से सबकी तरफ़ देखा। इससे पहले कि वह कुछ बोल पाता, तान्या ने ताना देना शुरू कर दिया।

'ये क्या रघु, रिज़ाइन का पता चला, वह भी दूसरों से? तुम ख़ुद बताते तो ज़्यादा ख़ुशी होती।'

'मैं बताने आया था। कल एच.आर. से मीटिंग ख़त्म होने पर सीधा यहाँ आया तो देखा तुम सब ग़ायब थे। बिल्कुल वैसे ही जैसे स्कूल की आख़िरी घण्टी के बाद बच्चे तुरन्त भाग जाते हैं। मज़ाल है कि छह बजे के बाद तुम लोगों में से यहाँ किसी की शक्ल देखने को मिल जाये?'

दाँव उल्टा पड़ा तो सब चुप होकर दाँत दिखाने लगे।

'ओके गाईज़, अब तुम लोग आ ही गये हो तो एक इम्पोर्टेन्ट बात। जाने से पहले यह लास्ट प्रोजेक्ट कम्प्लीट करने का टार्गेट है। हो सकता है कुछ एक्स्ट्रा आवर्स काम करना पड़े।'

'डोंट वरी रघु, प्रोजेक्ट ऑलमोस्ट कम्प्लीट है। ज़रूरी लगा तो एक–दो वीक ऑफ़ नहीं लेंगे, पर उसकी पार्टी अलग से। पहले यह बताओ, आज शाम की पार्टी पक्की है न?' पक्का पार्टीबाज़ था अभिलाष। उसने रघु को शाम की पार्टी के लिए मनाकर ही दम लिया।

नीरव को छोड़कर वह शाम पूरी टीम के लिए लकी थी। हो भी क्यों न, जहाँ सिर्फ़ ट्रीट तय थी, वहाँ अब प्रॉपर पार्टी होने को थी। छह बजने से पहले ही सब एक–एक कर पार्टी के लिए निकलने लगे। तान्या ने बहुत कहा, लेकिन अर्पिता, तान्या और अभिलाष के साथ, कार में जाने को राज़ी नहीं हुई। शायद उसे नीरव की उदासी का अन्दाज़ा था।

'क्या बात है, रघु के रिज़ाइन की ख़बर सुनने के बाद से तुम लगातार अपसेट लग रहे हो?' अर्पिता ने निकलने से पहले अपना सामान समेट रहे नीरव से पूछा, लेकिन उसे कोई जवाब नहीं मिला। हताशा में डूबे नीरव को दिलासे की ज़रूरत थी और ख़ुद उसे शायद नीरव की, इसीलिए अर्पिता चुपचाप उसी के साथ चलते हुए पार्किंग लॉट तक आ गयी। नीरव के बाइक स्टार्ट करने के बाद बिना कुछ कहे–पूछे पिछली सीट पर सवार

भी हो गयी। एक झटके के साथ बाइक जैसे ही आगे बढ़ी नीरव चौंक गया। अचानक दो एयरबैग्स नीरव की पीठ से आ टकराये थे। बाइक पर बी.एम.डब्ल्यू. के फ़ील से नीरव काँप उठा। 'बी.एम.डब्ल्यू.' दरअसल एक कोड वर्ड था, जिसका मतलब था 'बड़े मम्मे वाली'। हॉस्टल लाइफ़ में कुछ ज़्यादा ही उन्नत वक्षस्थल वाली सुन्दरियों के लिए नीरव और उसके दोस्त यही कोड वर्ड इस्तेमाल करते थे।

ख़ैर, बी.एम.डब्ल्यू. का फ़ील मिलते ही मोटर–बाइक की गति किसी लक्जीरियस इण्टरनेशनल ब्राण्ड की कार जैसी हो गयी। अर्पिता ख़ूब समझ रही थी कि पिछली सीट पर किसी लड़की के बैठते ही लड़कों की बाइक आख़िर रॉकेट कैसे बन जाती है। फिर आज उसके और नीरव के बीच कोई लगेज बैग भी नहीं था। बस...उसने भी यह मौक़ा हाथ से नहीं जाने दिया। अब उसका बायाँ हाथ नीरव की कमर को कसकर थामे हुए था और दायाँ हाथ उसके कन्धे पर था। बीच–बीच में वह नीरव से अपनी बात कहते हुए उसके कान के और पास आ जाती, जिससे नीरव की पीठ पर अर्पिता के सीने का कसाव और भी बढ़ता जा रहा था। आरे कॉलोनी के पार्टी लॉन तक पहुँचने के रास्ते में ही अर्पिता ने अपनी ओर से समर्पण का सारा भाव प्रदर्शित करने में कोई कसर नहीं छोड़ी। जैसे आकर्षण नहीं, समर्पण ही प्यार की सबसे ज़रूरी और पहली शर्त रह गयी हो...

मिडास टच

पार्टी कुछ ज़्यादा ही ग्रेंड हो चली थी। अपनी टीम के अलावा रघु ने ऑफ़िस के सारे सीनियर्स को भी बुलाया था। नीरव साये की तरह रघु के साथ ही रहा वैसे भी ऑफ़िस में वह रघु का 'राइट हैण्ड' कहलाता था। कुछ भी करना है तो नीरव, कुछ भी बताना है तो नीरव। इस लम्बी–चौड़ी लॉयल्टी का फ़ायदा नीरव को भले न मिला हो, पर अब दण्ड भोगने का वक़्त आ गया था। पार्टी में रघु को मिलने वाली बधाइयाँ उसके जले–भुने दिल पर नमक–मिर्च की तरह गिरती जा रही थीं।

'बड़ा क़िस्मत वाला है यार तू, सीधा माइक्रोसॉफ्ट निकल लिया। अब तेरा ख़ूब अब्रॉड आना–जाना होगा। लक्क है भई! अपनी–अपनी क़िस्मत है।' रघु की क़िस्मत का यूँ सदका उतारने वाला यह शख़्स रघु का सीनियर था, टोनी पसरेचा। टोनी दो–चार पेग में कभी नहीं पसरा। अनलिमिटेड बूज़ वाली पार्टी में भी उसे यही शिकायत रहती, 'यार, बाक़ी सब तो ठीक है, पर दो–चार पेग और हो जाते तो मज़ा आ जाता।' लेकिन यहाँ तो नज़ारा ही अलग था। पार्टी अभी शुरू ही हुई थी, चार–पाँच पेग ही अन्दर गये होंगे और टोनी पसरने लगा। और उसका बहकना भी ऐसा–वैसा नहीं, आकर सीधा उसने रघु का हाथ चूम लिया–

'रघु, यार तेरा मिडास टच हमको भी दे दे।'

कुछ पेग में ही टोनी की बदली टोन आज सबको हैरान करने के लिए काफ़ी थी। टोनी शायद पूरे मूड में था। दरअसल, विदेश घूमना टोनी की सबसे बड़ी कमज़ोरी थी। कम्पनी की तरफ़ से उसे कई बार विदेश

जाने का मौक़ा मिला भी, लेकिन दो–चार दिन के ऑफ़िशियल टूअर्स में उसे कभी मज़ा नहीं आया। सेमिनार, कॉन्फ़्रेंस इन सब चीज़ों से टोनी का भेजा आउट हो जाता। बस कुत्ते की तरह भागते हुए टाइमलाइन मैच करने को उसने कभी फ़ॉरेन ट्रिप माना ही नहीं। अनऑफ़िशियली पाँच–सात बार 'बैंकॉक' ज़रूर हो आया था, पर 'बैंकॉक' का मज़ा उसे अपनी टू टी.बी. हार्डडिस्क में क़ैद 'जन्नत के सफ़र' के मुक़ाबले फीका ही लगा। किसी लम्बे प्रोजेक्ट के लिए महीनों बाहर रहने की उसकी हमेशा से इच्छा थी। वैसे मौक़ों के लिए इस कम्पनी में लिमिटेड स्कोप था। जमी–जमाई नौकरी छोड़ने की हिम्मत न कभी वह ख़ुद जुटा पाया और न इंफ़ोसिस–माइक्रोसॉफ़्ट या कहीं और ज्वॉइन करके विदेश में रहने का उसका सपना साकार हो पाया। रघु के लिए माइक्रोसॉफ़्ट के दरवाज़े क्या खुले, टोनी की वही दबी हुई कसक अब एक बार फिर बेक़ाबू हो रही थी। फिर 'फ़ॉरेन–अफ़ेयर्स' के मामले में टोनी हद से ज़्यादा जज़्बाती भी था, सो इस बार व्हिस्की ज़रा जल्दी हिट कर गयी। टोनी बार–बार पेग झलकाता हुआ रघु के पास आता। उसका हाथ चूमकर लड़खड़ाती आवाज़ में बस एक ही बात दोहराये जाता–

'रघु...तेरा मिडास टच हमको भी दे दे...'

उसकी यह हरकत रघु को असहज कर रही थी। कारण टोनी का आउट होना नहीं, बल्कि बार–बार आकर हाथ चूमना था। रघु ने दायें हाथ की अँगुलियों में दो अँगूठियाँ पहन रखी थीं। छोटी अँगुली में हरे रंग का पन्ना यानी इमराल्ड और रिंग–फिंगर में लाल रंग का एक बड़ा–सा माणिक (रूबी)। टोनी जब उसका हाथ चूमता तो व्हिस्की मिली लार अँगूठियों पर फैल जाती। टोनी की चूमा–चाटी के बाद रघु जेब से रुमाल निकालकर चुपके से हाथ पोंछने के बहाने अँगूठियाँ साफ़ कर लेता। रघु के यूँ हर बार रुमाल से अँगूठियाँ साफ़ करने पर नशे में चूर होने के बावजूद टोनी का ध्यान चला ही गया और वह लगभग उछल ही पड़ा।

'मिल गया...मिडास टच...रघु, तुझे पहले बताना चाहिए था भाई कि इन अँगूठियों से क़िस्मत का दरवाज़ा खुलता है...'

रघु अपने सीनियर की बात नहीं काटना चाहता था, सो उसने हाँ में हाँ मिलाते हुए कह दिया।

'नो डाउट टोनी सर। मेहनत से क़िस्मत बदलती तो एक दिन हर गधा महालक्ष्मी रेसकोर्स में दौड़ता नज़र आ जाता, है कि नहीं? सारे अस्तबल बन्द हो जाते और धोबी घाट पर घोड़ों की लाइन लग जाती। मेहनत के अलावा क़िस्मत का साथ देना भी ज़रूरी होता है टोनी सर...'

'ओए...चक दे फट्टे...अब बोला मेरा शेर...एकदम करेक्ट! क्या बात बोल दी तूने यार रघु, दिल ख़ुश कीत्ता ओए...'

टोनी ने बल्ले-बल्ले करते हुए अपना पेग सिर के ऊपर रख लिया। इधर पंजाबी भंगड़ा स्टाइल में टोनी का डांस शुरू हुआ, उधर नीरव के सिर चढ़ी निराशा भी अचानक थम गयी।

अँगूठियों से क़िस्मत का दरवाज़ा खुलता है! क्या पत्थरों के रंग-बिरंगे टुकड़े भी क़िस्मत का रंग बदल सकते हैं! ऐसा भी कहीं होता है...पर उसकी आँखों के सामने तो हुआ ही है...टोनी यही तो कह रहा है। उसे ताज्जुब हुआ, रघु की अँगूठियों पर उसका कभी ध्यान कैसे नहीं गया! उसने रघु की अँगुलियों में रत्न-जड़ित अँगूठियाँ तो पहले भी देखी थीं, पर अँगूठियों का 'चमत्कार' वह अब देख रहा था।

टोनी उस रात पूरी मस्ती में नाचा। अर्पिता, तान्या, अभिलाष सब देर रात तक डीजे की धुनों पर झूमते रहे। नीरव ने रंगीन रोशनी बिखेर रही डीजे लाइट्स की तरफ़ देखा। उसे लगा कि ये नीली, हरी, लाल किरणें मानो बड़े-बड़े रत्नों से छनकर आ रही हैं। रंगीन रोशनी पड़ते ही हर झूमने वाला अपनी मस्ती में और भी मचल जाता। रोशनी पर रंग गहरा असर छोड़ रहे थे। नीरव उस रोशनी के बीच नहीं उतरना चाहता था। उसके भीतर तो इस वक़्त कोई और ही ख़याल उतर रहा था। वह दूर एक किनारे पर खड़ा चुपचाप इस सन्नाटे भरे शोर को देखता रहा। पार्टी के बाद हल्की मदहोशी में अर्पिता बाइक की पिछली सीट पर किस तरह उससे लिपटकर बैठी रही, उसने ग़ौर ही नहीं किया। वह कब अर्पिता को उसके अपार्टमेंट तक छोड़ आया, यह भी उसे कुछ ख़ास याद नहीं। उसका ध्यान तो सिर्फ़ रघु की रंग-बिरंगी अँगूठियों में फँसा रह गया था।

घर लौटे नीरव की वह रात बड़ी मुश्किल से कटी। वह करवट पर करवट बदलता रहा, मगर नींद रूठी रही। फ़िक्र क़िस्मत के रूठे होने की ज़्यादा थी। मिडास टच वाली बात दिमाग़ में अटकी रह गयी थी। आख़िरकार

आँख लगी भी तो कल्पना में तैरने वाला राजा मिडास साकार होकर सामने आ गया। राजा जिस भी चीज़ को छूता, सोने की हो जाती। उसके आस–पास सब–कुछ सोने का था। राजा मिडास ख़ुद भी सिर से पैर तक सोने से लदा था। सोने का मुकुट, पूरी देह पर सोने के ज़ेवरात, हर एक आभूषण हीरे–मोती से जड़ा हुआ, सोने का बाजूबन्द, सोने के कड़े, सोने की अँगूठियाँ। हर अँगूठी में जड़े अनमोल रत्न सूरज की सी तेज़ रोशनी के साथ चमक रहे थे। अचानक राजा मिडास का हाथ हरकत कर गया, सबसे पहले उसके सीधे हाथ की छोटी अँगुली का पन्ना चमचमाया, फिर रिंग फिंगर की रूबी जड़ी अँगूठी चमक उठी। यह क्या!!! नीरव ने चौंककर राजा के चेहरे की तरफ़ देखा।

'अरे, रघु रमन!'

वह बदहवास–सा उठकर बैठ गया। 'मिडास टच' नींद में भी पीछे पड़ गया था। वह बेतहाशा गहरी–गहरी साँसें लेता रहा। उसका गला सूख रहा था। मिडास टच की जकड़न दिमाग़ सुन्न करती जा रही थी। रात के सन्नाटे में बुदबुदाहट भरे स्वर तैर गये।

मेहनत प्लस क़िस्मत इज़ इक्वल टू सक्सेस...

क़िस्मत माइनस मेहनत इज़ इक्वल टू सक्सेस...

मेहनत माइनस क़िस्मत इज़ इक्वल टू फेलुअर...

फेलुअर उसे किसी हाल में नहीं चाहिए फिर अचानक उसके माथे पर छनकर फूटी पसीने की बूँदें सूखने लगीं। पलभर में उलझन के सारे तूफ़ान शान्त पड़ते दिखे। आख़िर सवाल क़िस्मत की लकीरों का था, इसलिए भीतर शायद कुछ तय हुआ और हिलोरें मारती चिन्ता की ऊँची–ऊँची लहरें मद्धम पड़ने लगीं।

न्याय का देवता

वैसे तो हर दिन नया दिन होता है, लेकिन अगला दिन नीरव के लिए गुज़रे हुए कल की बाक़ी किश्त साबित हुआ। शुरुआत हुई सोसाइटी में रहने वाले रिटायर्ड जस्टिस माथुर साहब से। वह हेलमेट, टिफ़िन और लैपटॉप बैग लेकर घर से निकला ही था, लिफ़्ट से बाहर निकलते ही माथुर साहब का जर्मनशेफर्ड डॉग 'टाइगर' गुर्राते हुए नीरव की ओर दौड़ पड़ा। टाइगर ने नीरव की तरफ़ छलाँग लगाकर झपट्टा मारा। ऐन वक्त पर माथुर साहब टाइगर की चेन न खींचते तो शायद नीरव का हाथ उसके जबड़े में समा जाता। पिछले पैरों के बल उछलकर टाइगर नीरव पर लगातार भौंके जा रहा था। उसका भौंकना नहीं थमा तो माथुर साहब हाथ में चेन लपेटते हुए टाइगर के गले तक आ गये। उनके बायें हाथ में गुमेटी हुई चेन थी, दूसरे हाथ से उन्होंने टाइगर के गले का पट्टा थाम लिया और चिल्ला उठे–

'नो टाइगर, नो...नो...'

माथुर साहब के स्वर में एक अतिरिक्त ओज था, जो शायद रिटायरमेंट के बाद से 'ऑर्डर–ऑर्डर' न कह पाने की भरपाई कर रहा था। उनका बिगड़ा स्वर कान में पड़ते ही टाइगर सकपकाया। हल्की–सी गुर्राहट बाक़ी थी, पर भौंकना बन्द हो गया। इधर टाइगर का शान्त होना था, उधर नीरव अशान्त हो उठा। उसकी नज़र माथुर साहब के हाथ पर जो पड़ गयी थी। हाथ की मिडिल फिंगर की अँगूठी में नीले रंग का नीलम चमक रहा था। छोटी अँगुली में पहना हुआ पन्ना भी उसे नज़र आ

गया। टाइगर के भौंकने से उसका दिल पहले ही पिचककर आधा हो चुका था और इस 'नज़ारे' के बाद तो उसकी घबराहट और बढ़ गयी। बन्द बोतल के जिन्न की तरह राजा मिडास फिर सामने आ गया। राजा वही, सिर्फ़ चेहरा बदला हुआ। अबकी राजा की शक्ल में रघु की झलक ग़ायब थी और उसकी जगह ले ली जस्टिस माथुर ने। एकबारगी किसी नेता या व्यापारी के हाथ में अँगूठियाँ नज़र आतीं, तब भी ठीक था। यहाँ तो बतौर चीफ़ जस्टिस दूसरों की क़िस्मत का फ़ैसला सुनाते आये माथुर साहब ख़ुद क़िस्मत पलटने को रत्नजड़ित अँगूठियों की नुमाइश कर रहे थे। उनके पास न्याय के देवता शनि का आशीर्वाद था। नीले रंग का सबसे महँगा रत्न नीलम, यानी माथुर साहब के पास भी 'मिडास टच' था। जिस घाव को उसने सारी रात जागकर जैसे–तैसे भरा, वह फिर हरा हो गया था। उसकी बेचैनी ने वापस सिर उठा लिया। उसे लगा, मानो वह किसी निर्वात् में है। ज़ीरो ग्रेविटी पर। जहाँ वह है, वहाँ हवा तक नहीं। साँस लेने का एहसास भी ग़ायब। सूर्य का प्रकाश भी जैसे किसी क्रिस्टल के पिरामिड से सात रंगों में छनकर आ रहा था। लाल, हरा, पीला और नीला। सारे रंग अलग–अलग हो गये। उसे कुछ समझ नहीं आया कि आख़िर उसके आस–पास यह हो क्या रहा है...उसी बेख़याली में कब बाइक स्टार्ट हो गयी, कब और कैसे उसने एक्सिलरेटर घुमाया, उसे कुछ पता नहीं। वह निर्वात् में डूबता–उभरता चला जा रहा था। ऐसा निर्वात्, जिसमें रत्नों और उनसे निकलने वाली रंगीन रोशनी के सिवाय कुछ भी नहीं था।

मुम्बई के ट्रैफ़िक में हर दूसरी–तीसरी कार के स्टेयरिंग रंग–बिरंगे रत्नों वाली अँगूठियों से सजे हाथों ने थाम रखे थे। यहाँ तक कि कुछ ऑटो–टैक्सी वालों की अँगुलियों में भी रत्नों वाली अँगूठियाँ चमक रही थीं। रास्ते–भर उसकी नज़रें लोगों के हाथों पर फिसलती रहीं। उसने ग़ौर किया, गिनती में राजा मिडास लगातार बढ़ते जा रहे हैं। रास्ते में अगर उसकी नज़र सौ लोगों के हाथ पर गयी तो उनमें से बीस या पच्चीस के हाथों में रत्न–जड़ित अँगूठियाँ थीं। हो सकता है, उस दिन अँगूठी पहनने वालों का अनुपात बढ़ाने में ख़ुद नीरव की क़िस्मत का ही कोई रोल रहा हो। कहीं कोई इशारा छिपा हो...

ऑफ़िस पहुँचकर नीरव सीधे रघु के केबिन में चला गया। कुछ देर इधर–उधर की बातों के बीच जैसे ही मौक़ा मिला, नीरव ने उसे बेहाल करने वाला सवाल दाग दिया।

'रघु! डू यू बिलीव इन एस्ट्रोलॉजी?' नीरव का सवाल रघु को चौकन्ना करने के लिए काफ़ी था। उसने कुछ सोचते हुए जवाब दिया।

'हम्म्म्म...यस आई डू बिलीव...एस्ट्रोलॉजी इज़ ए ग्रेट साइंस।'

'यानी माइक्रोसॉफ्ट की ऑपरच्यूनिटी के पीछे इन अँगूठियों का इम्पोर्टेंट रोल है...करेक्ट?'

'इट मे बी...हो सकता है, जेमस्टोन्स का रोल हो।' रघु ने सहजता से कहा

'मीन्स यू आर नॉट श्योर!' नीरव एस्ट्रोलॉजी को तर्क की कसौटी पर कस रहा था, जबकि रघु इन सवालों पर ढील चाहता था। टोनी की बात अलग थी। वह बॉस था और नीरव सबॉर्डिनेट। सबॉर्डिनेट के सभी सवालों का जवाब देना ज़रूरी नहीं था। रघु कुछ पल सोचकर बोला।

'इट्स नॉट लाइक दैट। लुक नीरव, आई डोंट नो, मुझे जॉब जेमस्टोन्स से मिली या हार्डवर्क से, लेकिन एस्ट्रोलॉजी में मेरा बहुत बिलीव है। लाइफ़ में हम सभी मेहनत और ईमानदारी से सक्सेस पाने की कोशिश करते हैं। बेईमानी और मक्कारी से क़िस्मत आजमाने वाले भी सफल हो जाते हैं, लेकिन हर एक कोशिश कामयाब हो जाये, यह ज़रूरी नहीं। तो अब ज़रा ख़ुद सोचकर बोलो कि सक्सेस के लिए इतना सब करने में 'लक' को लेकर कोई चांस क्यों लेना!' शुरुआती झेंप के बाद रघु वापस अपने फॉर्म में लौट आया था।

रघु का सम्मोहन एक बार फिर नीरव पर हावी हो रहा था। नीरव ने रघु से सहमति में सिर हिलाते हुए अपने मन की बात कह दी।

'रघु, इन्फ़ैक्ट लक को लेकर मैं भी कोई चांस नहीं लेना चाहता।'

नीरव की आवाज़ में छिपा हुआ दर्द रघु समझ गया, 'डोंट वरी। डेफ़िनेटली यू विल गेट योर ड्यू प्रमोशन दिस ईयर। मैनेजमेंट से तुम्हारे लिए मैं स्पेशियली बात करके जाऊँगा। आगे तुम्हारी क़िस्मत।'

'थैंक्स रघु। वैसे मैं तुम्हारे पास ज्योतिष परामर्श के लिए आया था।'

'ओह, देट्स ग्रेट! बिल्कुल ले डालो किसी अच्छे ज्योतिषी की सलाह। तुम्हारे साथ इतने साल काम करते हुए मुझे भी कुछ कमी–सी खली है। लक को छोड़कर तुम हर काम में परफ़ेक्ट हो। मुझे यक़ीन है, तुम्हें एस्ट्रोलॉजी से काफ़ी मदद मिलेगी। मैं देता हूँ अपने एस्ट्रोलॉजर का नम्बर। जाओ मिलो। ऑल द बेस्ट।'

आने वाला कल जानने के लिए नीरव इससे पहले कभी ऐसा आतुर नहीं रहा था। ज्योतिषी से टाइम लेने के बाद तो उसका वक़्त काटे नहीं कटा। इतनी बेकरारी उसे कभी लड़की से मिलने की भी नहीं रही थी। आख़िर भविष्य जानने की इच्छा है ही इतनी अद्भुत और रोमांचक। इन्सान हमेशा वर्तमान से आगे देखने की चाहत पालता आया है। बड़े–बड़े व्यापारी, राजनेता, अभिनेता ज्योतिष के सम्मोहन से नहीं बच पाये, फिर नीरव तो अपनी लाइफ़ में घिसटता हुआ–सा महज़ 29 साल का एक सॉफ़्टवेयर इंजीनियर था। वह कैसे इस जादुई तिलिस्म से बच जाता...

प्यार पर टेढ़ी नज़र

गोरेगाँव के उस पूरे इलाक़े में मशहूर था, 'फ़िल्म इण्डस्ट्री में सक्सेस का रास्ता पाण्डेय जी के ज्योतिष कार्यालय से होकर गुज़रता है।' फ़िल्म सिटी आने–जाने वाले एक्टर्स, मॉडल्स, टी.वी. और फ़िल्म इण्डस्ट्री के स्ट्रगलर्स का वहाँ ताँता लगा रहता था। कभी इन सबसे बेपरवाह रहा नीरव आज ख़ुद इस हुजूम का हिस्सा था। वह तय वक़्त पर गोरेगाँव ईस्ट में ओंकारेश्वर पाण्डेय के ज्योतिष कार्यालय पहुँच गया था। फ़िल्म सिटी रोड पर एक पुरानी हाउसिंग सोसाइटी में ग्राउण्ड फ़्लोर पर पाण्डेय जी का ऑफ़िस था। उस फ़्लैटनुमा ऑफ़िस के हॉल में पहुँचकर एकबारगी तो नीरव को लगा कि कहीं वह किसी ग़लत पते पर तो नहीं आ गया! ओ.पी.डी. की तरह वहाँ पहले ही कुछ लोग पाण्डेय जी से मिलने के इन्तज़ार में बैठे दिखे। रिसेप्शन पर साधारण क़द–काठी और आम–सी सूरत की एक लड़की ने उसका नाम पूछा। नीरव का नाम रजिस्टर में लिखने के बाद अँगुली से कॉरिडोर की तरफ़ इशारा करते हुए बोली, 'आप उधर बैठिए सर, आपका नम्बर मोनिका मैडम के बाद आयेगा।'

नीरव ने मुड़कर उसकी अँगुली की दिशा की तरफ़ देखा। एक सुन्दर–सी लड़की अपनी बारी का इन्तज़ार कर रही थी। हाय–हलो के बाद पता चला, वह एक मॉडल–एक्ट्रेस है। पिछले डेढ़ साल से पाण्डेय जी से ज्योतिष की सलाह ले रही है। उनके परामर्श से काफ़ी फ़ायदा होने की बात भी उसने कही। अपना नम्बर आने पर वह अन्दर चली गयी। नीरव ने घड़ी देखी। अप्वाइंटमेंट के वक़्त से एक घण्टा ऊपर हो चुका

था। भविष्य की चिन्ता में अटके नीरव के लिए वर्तमान के इन्तज़ार का अब एक–एक मिनट काटना भारी पड़ रहा था। तक़रीबन आधे घण्टे की मुलाक़ात के बाद वह लड़की पाण्डेय जी के केबिन से निकली।

उसके जाते ही नीरव पाण्डेय जी से मिलने उनके केबिन की तरफ़ बढ़ा और अन्दर पहुँचते ही चकरा गया। ए.सी. पूरे कमरे को चिल कर रहा था। बाहर से कबाड़ख़ाने–सा दिखने वाला यह ज्योतिष कार्यालय भीतर से इतना दमक रहा था कि अपना भाग्य चमकवाने वहाँ आने वालों को वह आराम से आश्वस्त करता–सा लगता होगा। बिल्कुल किसी कॉरपोरेट ऑफ़िस के सी.ई.ओ. की तरह सजा हुआ केबिन। टीकवुड के चमचमाते बुकशेल्फ़। जैमिनी सूत्र, पाराशर होराशास्त्र, भृगुसंहिता और वृहज्जातक जैसी ज्योतिषशास्त्र की किताबों से केबिन की एक दीवार अँटी पड़ी थी। पाण्डेय जी की अपने काम पर 'कमाण्ड' दर्शाने के लिए ये किताबें काफ़ी थीं।

सामने बड़ी–सी मेज़ के उस पार पाण्डेय जी बैठे थे। दोनों हाथों में कई रत्नों वाली अँगूठियाँ, माथे पर बड़ा–सा लाल रंग का गोल टीका, चमकदार सुनहरे रंग की कढ़ाई वाला ऑफ़व्हाइट–से कलर का कुरता। ग़ज़ब का जादुई आभामण्डल था पाण्डेय जी का। उस पर उनके गाल टमाटर की तरह चमकीले और गोल–गोल थे। चेहरे पर मुस्कान कुछ इस ढंग से बिखरी पड़ी थी, मानो होलसेल के रेट पर मँगवा रखी हो। इन सब पर ख़र्च करना ही करना है, वरना पड़ी–पड़ी ख़राब हो जायेगी। नीरव को देखते ही उनकी स्माइल कुछ और चौड़ी हो गयी। पाण्डेय जी ने मेज़ के इस पार रखी दो कुर्सियों की ओर इशारा करके नीरव को बैठने के लिए कहा।

'तो आप हैं नीरव कान्त। आपको रघु रमन जी ने यहाँ के बारे में बताया है। ठीक है। अब मैं भी बता दूँ। सबसे पहले आपकी बर्थ डिटेल्स लेने के बाद मैं कुछ सवाल पूछूँगा, जिससे मुझे यक़ीन हो जाये कि आपके जन्म का समय सही है। असल में एक–एक दो–दो मिनट के अन्तर से एस्ट्रोलॉजी में बहुत–कुछ बदल जाता है। सटीक जानकारी के लिए जन्म का राइट टाइम कन्फ़र्म करना ज़रूरी है।'

नीरव ने अपने जन्म की तारीख़, वक़्त और स्थान पाण्डेय जी को बताया।

उन्होंने लैपटॉप पर कुण्डली साफ़्टवेयर में नीरव का बताया हुआ डाटा एण्टर किया। पलक झपकते ही नीरव की कुण्डली सामने स्क्रीन पर थी।

लग्न कुन्डली

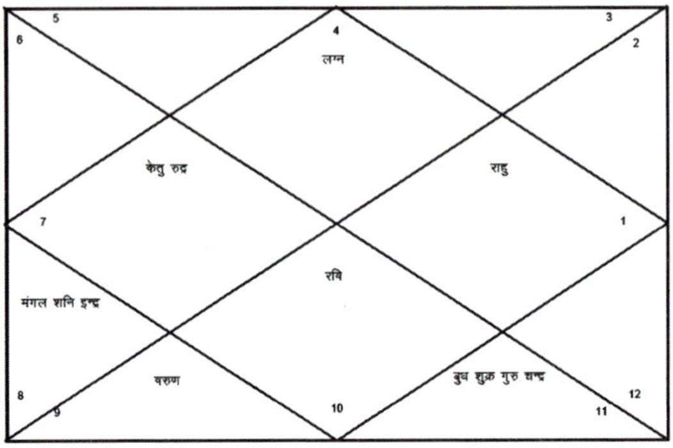

'ओके, कर्क लग्न, कुम्भ राशि, ठीक है। अच्छा तो पहला सवाल...'

पाण्डेय जी गहरी सोच की मुद्रा में चले गये। कुछ देर बाद वापस चेतना में लौटकर बोले, 'तुम्हें अपने जीवन में होश सँभालने के बाद मातृ–सुख नहीं मिला। बोलो, सही है कि नहीं?'

नीरव के पूरे शरीर में सिहरन दौड़ गयी। पाण्डेय जी को कैसे पता?

'बताइए, क्या बचपन में ही आपसे माँ का सुख छिन गया था?'

पाण्डेय जी के दुबारा पूछने पर नीरव के मुँह से बड़ी मुश्किल से एक शब्द फूटा–

'हाँ।'

'क्या आपके सिर से माँ का साया वर्ष 1997 के दिसम्बर महीने में उठा था?'

पाण्डेय जी की बात सुनकर नीरव स्तब्ध था।

'इम्पॉसिबल!' उसके मुँह से बस यही फूटा।

पाण्डेय जी ने सहज भाव से अपना सवाल जारी रखा, "बताइए, मैं जो समय बता रहा हूँ, क्या उसी वर्ष आपकी माँ का निधन हुआ था?'

'जी हाँ, पाण्डेय जी। 20 दिसम्बर, 1997 के दिन मेरी माँ ने आख़िरी साँस ली थी।'

कहते हुए नीरव असहज हो उठा। आश्चर्य का भाव यकायक शोक में बदल गया। आँखें भर आयीं। डबडबायी आँखों से सामने बैठे पाण्डेय जी फ़ादर गोम्स की तरह दिखने लगे। उनका ज़रीदार कुरता सफ़ेद रंग के गाउन में बदल गया। उसे लगा, वह पंचगनी में अपने हॉस्टल के वेटिंग रूम में खड़ा है। वॉर्डन मिसेज़ लीजा का मैसेज़ मिलते ही वह हॉस्टल के रिसेप्शन पर पहुँच गया था। थोड़ी देर बाद फ़ादर गोम्स आये और उसका हाथ पकड़कर वेटिंग रूम में ले गये। उन्होंने नीरव को जकड़कर सीने से लगा लिया। इतनी ज़ोर से कि उसे लगा, उसकी पसलियाँ चरमरा जायेंगी। उसका दम घुटने लगा। फ़ादर गोम्स ने बायें हाथ से नीरव को कसकर थामा हुआ था और दायें हाथ से उसकी पीठ पर थपकियाँ दिये जा रहे थे। क़रीब एक मिनट तक उन्होंने नीरव को अपनी बाँहों में भरकर सीने से लगाये रखा। फिर अचानक उन्होंने नीरव को अपने हाथों की क़ैद से आज़ाद कर दिया।

'द फ़ादर, सन एण्ड द होली स्पिरिट...'

अपना हाथ चूमकर उन्होंने क्रॉस के आकार में अपनी छाती के दोनों तरफ़ घुमाया। फिर वापस हाथ चूमा, आगे अपनी बात कहते हुए उनकी आँखों में आँसू छलक उठे।

'नीरव...योर बिलॉवेड मदर इज़ नो मोर...'

ग्यारह साल का बच्चा अपनी माँ की मौत की ख़बर पर भला क्या रिएक्ट करता। उसे कुछ समझ नहीं आया। उसकी आँखों से बस आँसू झरते रहे। जो बातें बड़े–बड़ों को समझ नहीं आतीं, फ़ादर गोम्स उसे वही सब समझाये जा रहे थे। उसे सिर्फ़ इतना समझ आया, अन्ना अंकल ने कार भेजी है। वह मुम्बई जाने के लिए तैयार रहे...

'नीरव, आप होश सँभालते ही घर से दूर हो गये। क्या यह बात सही है?'

पाण्डेय जी का सवाल बेकार गया। नीरव वहाँ होकर भी कहीं और पहुँच चुका था। पाण्डेय जी ने नीरव का हाथ पकड़कर झिंझोड़ते हुए दुबारा पूछा, 'नीरव, क्या आप बचपन में ही घर छोड़ने पर मजबूर हो गये थे?'

एक ट्रॉमा से पलभर के लिए वापस आया नीरव इस सवाल से अपने अतीत के दूसरे दुख में समा गया। आख़िर ये वही सवाल थे, जिनके बीच

उसका सारा बचपन गुज़रा। फ़र्क़ बस इतना था, अब तक यह सवाल वह ख़ुद से पूछा करता था। आज वही सवाल उससे कोई और पूछ रहा था।

'नीरव, जवाब दो। क्या बचपन में तुम घर से दूर हो गये थे?'

'जी हाँ। मैं छह साल की उम्र से हॉस्टल में रहता आया हूँ।'

'बस, अब एक आख़िरी सवाल। पिता से तुम्हारा कोई भावनात्मक लगाव नहीं। यह बात कितनी सही है?'

यह कैसा सवाल था! पहले दो सवालों के निष्कर्ष तक पहुँचना उसके लिए फिर भी आसान था, इस तीसरे सवाल पर आकर नीरव फँस गया। इस बात को लेकर आजतक वह किसी नतीजे पर नहीं पहुँच पाया। उसका असमंजस पाण्डेय जी ने पकड़ लिया। नीरव की मुश्किल समझते हुए उन्होंने अपना सवाल थोड़ा आसान कर दिया।

'अपने पिता के साथ तुम्हारा कभी दोस्तों जैसा बर्ताव नहीं रहा। तुम उनके साथ सिर्फ़ पिता के रिश्ते की औपचारिकता निभा रहे हो। यह बात कितनी सही है?'

'काफ़ी हद तक सही है।'

नीरव ने थोड़े संकोच के साथ जवाब दिया, पर बदले में पाण्डेय जी ने जो कहा, उसमें उनका पूरा आत्मविश्वास झलक गया।

'कोई शक नहीं। जन्म का समय बिल्कुल सही है। यही आपकी कुण्डली है। आपका जन्म 10 फ़रवरी, 1986 को हुआ। मुम्बई में, शाम 6:25 पर। आप कर्क लग्न के जातक हैं। लग्नेश चन्द्र अपने भाव से अष्टम भाव, यानी मृत्यु भाव में है और केतु चतुर्थ भाव में। इन्हीं वजहों से जो कॉम्बिनेशन बनता है, उसने आपको माँ के सुख से वंचित कर दिया। चौथे घर का स्वामी शुक्र भी चन्द्र के साथ है, इसीलिए माँ से भावनात्मक लगाव बहुत ज़्यादा रहा है। फिर चौथे घर, यानी सुख भाव में केतु बैठा है, जिसने आपको कम उम्र में अपने माता–पिता और घर से दूर कर दिया। पिता का मामला भी गड़बड़ है, दशमेश मंगल, पंचम भाव में स्वग्रही होते हुए शत्रुग्रह शनि के साथ युति बनाकर बैठा है। साथ ही यहाँ बैठे शनि की वक्र दृष्टि पिता कारक ग्रह सूर्य पर पड़ रही है, जिसके कारण पिता से अन–बन, विवाद और दुश्मनी जैसी स्थितियाँ बनती हैं।'

पिता से दुश्मनी वाली बात कहते हुए पाण्डेय जी ने लैपटॉप से नज़रें उठायीं और नीरव के चेहरे को ग़ौर से पढ़ने की कोशिश की। कोई बड़ी प्रतिक्रिया न देख, उन्होंने अपनी बात जारी रखी।

'10 सितम्बर, 2006 से आपकी शनि की महादशा शुरू हुई है, जो 19 साल चलेगी। फ़िलहाल शनि में शुक्र की अन्तरदशा और गुरु की प्रत्यन्तर दशा चल रही है, उस पर गोचर में शनि कुण्डली के पंचम भाव में 26 अक्टूबर, 2017 तक डेरा डाले बैठा है। अब आप जो पूछना चाहें, पूछ सकते हैं।'

पाण्डेय जी बिना कुछ पूछे इतना कुछ बता चुके थे, न बताते तो शायद शुरुआत में वह यही सब पूछता। चन्द मिनटों की अतीत–यात्रा से नीरव स्तब्ध था। उसे अब बिल्कुल नहीं सूझ रहा था कि उनसे पूछे तो क्या पूछे। उसे परेशान करते आये सारे सवालों के जवाब मिल गये थे, पर सब के सब वापस सवालों की शक्ल में। क्या ज्योतिष वाक़ई भूत, वर्तमान और भविष्य सब बता सकता है! यह कोई सम्मोहन तो नहीं...एक–एक घटना का इतना सटीक ब्योरा! ऐसा कैसे सम्भव है? उसके बीते हुए कल के सबसे कठिन पल पाण्डेय जी ने कैसे पढ़ लिए? और अगर बीता हुआ कल सटीक पढ़ा है तो उसकी कुण्डली में आने वाले कल का भी उन्हें ज़रूर आभास होगा।

'पाण्डेय जी, मैं अपनी नौकरी में प्रमोशन और अपनी आगे की लाइफ़ के बारे में जानना चाहता हूँ।'

'काग़ज़–पेन है?' पाण्डेय जी ने नीरव की आँखों में आँखें डालकर पूछा। नीरव ने लैपटॉप बैग की पॉकेट से रिमाइण्डर नोटपैड निकाल लिया।

'है, लेकिन काग़ज़–पेन की क्या ज़रूरत?'

'लिख लीजिये, वरना भूल जायेंगे।' पाण्डेय जी ने आत्मविश्वास भरे लहजे में जवाब दिया। नीरव ने उनकी ओर देखा, फिर नोटपैड खोलकर क़लम थाम ली। उसकी साँसें रुकी हुई–सी थीं। दिल की धड़कन तेज़ी से भाग रही थी। नीरव का हाल उस स्टूडेण्ट की तरह था, जिसके लिए परीक्षा में आने वाला पर्चा जीवन–मरण का सवाल हो। जिसने न परीक्षा की कोई तैयारी की हो और न ही उसे कुछ आता–जाता हो। सामने ठीक वही प्रोफ़ेसर बैठा हो, जिसने एक्ज़ामिनेशन के पेपर सेट किये हैं।

प्रोफ़ेसर अगर सवाल बता दे तो उसकी मुश्किल आसान हो सकती है। उसके चेहरे पर याचना का भाव, आँखों में गिड़गिड़ाने का भाव, सब–कुछ एक–साथ घालमेल हो रहा था। सर प्लीज़ 10 में से बस चार–पाँच प्रश्न बता दीजिये, उनके उत्तर अच्छी तरह घोंटकर रट लूँगा। 'प्लीज़ रहम करिये मेरा पास होना बहुत ज़रूरी है।' स्टूडेण्ट के नाक रगड़ने पर आख़िरकार प्रोफ़ेसर का दिल पिघल जाता है और वह प्रश्न–पत्र में आने वाले कुछ सवाल बताने को राज़ी हो जाता है। नीरव ठीक ऐसी ही बेबसी चेहरे पर लिए पाण्डेय जी के मुँह से फूटने वाले शब्दों का इन्तज़ार कर रहा था।

'प्रमोशन 21 मई के पहले हो जायेगा, लेकिन यह मनचाही तरक़्क़ी नहीं होगी। शनि मारकेश है। शनि की दशा कष्टकारी होगी। हाँ, आगे एक मन–मुताबिक़ बड़े प्रमोशन का योग बन रहा है। इसी साल नवम्बर में।'

कुछ पल के लिए पाण्डेय जी रुके। लैपटॉप की स्क्रीन पर उनकी नज़रें कुछ ढूँढ़ रही थीं। वे लगातार ग़ौर से दशाचक्र और नीरव की कुण्डली में दूसरी डिटेल्स देखते रहे। उनकी भौंहें कुछ और तन गयी थीं। माथे पर पड़े बल के साथ पाण्डेय जी आगे बोले–

'एक सप्ताह पहले, 21 अप्रैल से गुरु की प्रत्यन्तर दशा में शुक्र की सूक्ष्म दशा आयी है। इस दौरान 21 मई के बीच तुम्हारे जीवन में एक लड़की आने वाली है। उसके आते ही तुम्हारी क़िस्मत खुल जायेगी। तुम्हारा भाग्योदय होगा। बस, 21 मई से पहले यह घटने वाला है।'

पाण्डेय जी साँस लेने के लिए रुके। भाग्योदय लाने वाली लड़की की बात सुनते ही नीरव के ज़ेहन में अर्पिता चली आयी। पिछले चार दिनों में अर्पिता से बढ़ी नज़दीकियों का ध्यान आ गया। अर्पिता से गाढ़ी हो रही दोस्ती की वजह वह ख़ुद खोज रहा था। यह एक बड़ा चमत्कार था। पाण्डेय जी ने फिर बाज़ी मार ली थी। उसे यक़ीन हो गया कि अर्पिता वाले नये चक्कर के पीछे सितारों की गहरी चाल है, वरना पिछले चार दिनों में अर्पिता की तरफ़ से हुई घुसपैठ का सवाल ही न उठता।

'लेकिन...' पाण्डेय जी कुछ कहते–कहते रुक गये। उनकी किन्तु–परन्तु में नीरव की जान अटक कर रह गयी। बेचैन होकर वह पूछ बैठा।

'लेकिन क्या पाण्डेय जी?'

पाण्डेय जी के माथे पर केंचुए की तरह मचलती लकीरें किसी बड़ी आशंका का इशारा दे रही थीं। टमाटर जैसा चमकदार लाल चेहरा पलभर में पीला पड़ गया था। उनका वह बदला हुआ रूप देखकर नीरव का धैर्य जवाब देता जा रहा था, जबकि पाण्डेय जी लैपटॉप पर आँखें गड़ाये कुछ सोच रहे थे।

'बताइये न पाण्डेय जी, क्या प्रॉब्लम है?'

'प्यार पर शनि की टेढ़ी नज़र अड़ंगा डाल रही है। कुण्डली के पंचम भाव से रोमांटिक लाइफ़ का पता चलता है। तुम्हारी कुण्डली के पाँचवे घर में स्वग्रही मंगल है, यानी तुम्हारे आकर्षण में लड़कियाँ ख़ुद–ब–ख़ुद खिंचती चली आती हैं, लेकिन मंगल के साथ बैठा शनि तुम्हें प्यार में पड़ने नहीं देता। बस इसी वजह से तुम्हारा प्यार का मामला कभी महीने–दो महीने से ज़्यादा नहीं चल पाता और बिना प्यार में पड़े तुम्हारा बेड़ा पार होने से रहा।'

पाण्डेय जी की पूरी बात सुनकर नीरव थोड़ा आश्वस्त हुआ। यह तो उनका सम्मोहन था, जिसने टोकने से रोक दिया, वरना उसके दिल में तो आया कि टोककर बता दे, "ऐसा है महाराज, आजकल ज़्यादातर लोगों के प्यार का चक्कर एक–दो महीने ही चलता है। प्यार से ज़्यादा गारंटी तो चायनीज़–आइटम की हो गयी है।" पर पाण्डेय जी ठहरे उसे अतीत का आईना दिखाने वाले भगवान, बीच में टोकना भगवान का अनादर होता, इसलिए वह चुपचाप उनकी बातें सुनता रहा।

'ख़ैर, समस्या है तो उसका उपाय भी है। सबसे पहले भाग्य मज़बूत करने की ज़रूरत है। फिर क़िस्मत का लिखा कोई टाल नहीं सकता।'

'तो आपको कौन रोक रहा है। आप उपाय बताइये, मैं करने के लिए तैयार हूँ।'

'दायें हाथ की इण्डेक्स फिंगर में छह से सात रत्ती का एक पुखराज धारण करना होगा। सोने की अँगूठी में। रुकिये, मैं दिखाता हूँ पुखराज।'

पाण्डेय जी ने अपनी मेज़ की दराज़ से एक बड़ा–सा स्टील का बॉक्स निकालकर नीरव के सामने रख दिया। ऊपर रखी मूँगा और माणिक्य की दो ट्रे हटायीं। नीचे की ट्रे में पीले रंग के 40–50 यलो–सफायर स्टोन

अपनी चमक बिखेरने लगे। पाण्डेय जी ने उनमें से एक रत्न उठाकर नीरव की तरफ़ बढ़ा दिया।

'इस साइज़ का।'

नीरव ने रत्न हाथ में लिया। अँगूठे और इण्डेक्स फिंगर के बीच पकड़कर रोशनी की तरफ़ कर दिया। घेरदार डायमण्ड कटिंग की कारीगरी वाला पुखराज चमचमा उठा।

'यह रत्न कितने में आता होगा पाण्डेय जी?'

'बीस हज़ार से लेकर दो लाख तक की रेंज में आता है। बजट आप तय करिये, लेकिन मेरी मानें तो कम–से–कम एक लाख की क़ीमत का पुखराज पहनिये, वरना भाग्य बढ़ाने में विशेष लाभ नहीं मिलेगा। एक बात और...पुखराज पहनने से वज़न बढ़ता है। इसलिए सफ़ेद पुखराज (व्हाइट–सफायर) अच्छा रहेगा। आजकल फ़िल्म इण्डस्ट्री में ज़्यादातर लोग सफ़ेद पुखराज ही पहनते हैं। फिगर मेनटेन रहता है। अभी आपने ख़ुद देखा होगा, जो मैडम मिलकर गयी हैं, उन्हें मैंने सफ़ेद पुखराज पहनाया है। मॉडल हैं तो फ़िटनेस ज़रूरी हुई न?' कहते हुए पाण्डेय जी की आँखों में चमक आ गयी थी। नीरव को एकटक देखते हुए वे अपनी बात कहे जा रहे थे।

'और वैसे भी आपकी कुम्भ राशि है तो पीले पुखराज की जगह सफ़ेद पुखराज ज़्यादा फ़ायदा देगा, बल्कि कुम्भ राशि है, इसीलिए मैं आपके लिए स्पेशियली नीले शेड्स वाला पुखराज मँगवा दूँगा।'

'अच्छा, पुखराज काफ़ी होगा या कुछ और पहनना है?'

'चाहें तो लग्नेश चन्द्र को मज़बूत करने के लिए मोती पहनिये। भई, सब आपकी इच्छा पर है। अगर तुरन्त पहन सकें तो उत्तम रहेगा, वरना कुछ दिनों बाद भी पहन सकते हैं।'

'मोती कितने तक का आयेगा?'

'कल्चर्ड मोती हज़ार–पाँच सौ में आ जायेगा, पर आपको रियल पर्ल पहनने की ज़रूरत है। चन्द्रमा कुण्डली के आठवें भाव में है, मृत्यु के घर में। अष्टम भाव चन्द्रमा के लिए जेल जैसा होता है। मोती पहनने से मन शान्त रहेगा। सच्चा मोती दस हज़ार तक में मिल जायेगा।

व्हाइट–सफायर और रियल पर्ल दोनों मिलाकर क़रीब डेढ़ लाख तक का बजट मान लीजिये। कोई जल्दी नहीं है, आप सोच लो। जब अँगूठियाँ बनवाने का मन हो, बता दें।'

पाण्डेय जी से डेढ़ लाख की अँगूठियों का बजट सुनकर उसकी हिम्मत टूट रही थी। अभी तो लिए हैं घर से एक लाख। वह भी न जाने कितने सालों से उसने रट लगा रखी थी। तब जाकर उसे केतन से रुपये मिल पाये थे। फिर इतना ख़र्च करने का कोई मतलब भी होना चाहिए...

'अच्छा पाण्डेय जी क्या गारंटी है कि ये रत्न पहनने के बाद मुझे मनचाही सफलता मिल जायेगी?'

'काम होने की गारंटी मेरी। 100% गारंटी। छह महीने में काम न हुआ तो पैसा वापस। पूरे शहर में ढूँढ़ लीजिये, इस विषय में पैसे वापसी की गारंटी कोई नहीं देगा।'

नीरव को लगा, इतनी सॉलेड 'गारंटी' वही दे सकता है, जिसे अपने प्रोडक्ट पर पूरा भरोसा हो। यक़ीन न करने का सवाल ही पैदा नहीं होता। अगर अभी रुपये पास होते तो वह एक पल को भी नहीं सोचता, लेकिन उसे सोचना पड़ रहा था। फ़िलहाल तो वह पाण्डेय जी को सिर्फ़ फ़ीस के हज़ार रुपये देकर लौट आया। उसके साथ लौट आये सुनहरे भविष्य के वे सपने जो हरेक नौकरी–पेशा वाला इन्सान सँजोता है। नौकरी में तरक़्क़ी, एक ख़ूबसूरत हमसफ़र और ज़िन्दगी का सुहाना सफ़र। ऐसी ख़ुशहाल दुनिया, जिसमें चिन्ता, दुख और परेशानी के लिए कोई जगह न हो। कुल मिलाकर पाण्डेय जी की भविष्यवाणी ने नीरव की दुख भरी ज़िन्दगी में बदलाव की एक बड़ी उम्मीद जगा दी थी। लड़की पटाने में वह हॉस्टल का चैम्पियन रहा था। ऐसे में किसी लड़की के ज़रिये भाग्योदय कराना उसके लिए सबसे आसान टास्क था, इसलिए वह इस विश्वास से भरता गया कि दुनिया के बाक़ी ख़ुशक़िस्मत इन्सानों की तरह जल्द ही उसकी क़िस्मत भी खुलने वाली है।

क़िस्मत के दर पर वह दस्तक किसकी थी?

अगले शनिवार सुबह नाश्ता करने के बाद नीरव भाग्योदय कराने वाली लड़की की तलाश में निकल गया, मलाड वेस्ट के इनॉर्बिट मॉल की ओर। इस बाज़ारवादी युग में 'मॉल कल्चर' को कितना ही कोस लें, अकेलेपन से उकताकर इन्सान मॉल की तरफ़ ठीक वैसे ही भागता है, जैसे गाँव–क़स्बों में लोग पारम्परिक हाट–बाज़ार की तरफ़ निकल जाया करते थे। आधुनिक मॉल शायद इन्सान की इसी आदिम प्रवृत्ति को समझकर रचे गये हैं, जिनका लक्ष्य लोगों की आदतों, रुचियों और दबी हुई इच्छाओं को कुरेदते रहना है। नीरव की इच्छाओं को तो अभी ताज़ा–ताज़ा कुरेदकर भड़काया जा चुका है। मॉल में वह इधर–उधर भटकता, फ़ोन पर ही बचपन के कुछ दोस्तों से बातों में उलझा रहा। अरसे से जिन दोस्तों से बात नहीं हुई थी, उन्हें ढूँढ़–ढूँढ़कर कॉल की। जब एक से दिल नहीं भरा तो यूँ ही दो–चार मॉल्स के चक्कर लगाये दोस्तों से गप–सटाका भी चलता रहा। बीच–बीच में नीरव की नज़रें मॉल की पार्किंग में आती–जाती बड़ी ब्राण्डेड कारों पर टिक जातीं। काश...किसी इण्टरनेशनल ब्राण्ड की लक्ज़ीरियस कार से उतरकर कोई ख़ूबसूरत लड़की सीधे उसके पास चली आये। मॉल में हर लड़की नीरव को अपनी ओर आती महसूस होती, लेकिन पास आने तक सब की सब दायें–बायें मुड़ जातीं। अपना भाग्योदय कराने को बेताब नीरव के नज़दीक कोई नहीं फटकी। ओह गॉड...कब होगा चमत्कार? इन्तज़ार लम्बा होता जा रहा था। चमत्कार अगर बताकर हो तो भला कैसा चमत्कार...नीरव की बेचैनी बढ़ती जा रही थी। यह एकदम नयी तरह की फ़ीलिंग थी। वह

लगातार असहज होता जा रहा था। क्या उसके व्यक्तित्व का सबसे बड़ा आकर्षण ठण्डा पड़ गया था...अपोजिट सेक्स को आकर्षित करने वाला नीरव का बिन्दास व्यक्तित्व अब कॉन्शियसनेस का शिकार होने लग गया था। वह शिकारी की तरह चौकन्ना बना रहा– जाने कब, कहाँ से उसके सपनों की शहज़ादी आ जाये! जिन लड़कियों को वह पहले से जानता था, उनमें से कोई भी शहज़ादी–टाइप तो दूर, उसके आसपास भी नहीं थी। उन पर कौन टाइम खोटी करे! भाग्योदय की भविष्यवाणी ने सचमुच की शहज़ादी की आस जगा दी थी और इस आस ने नीरव को पूरे दिन ख़ूब छकाया...

हारकर रात नौ बजे घर पहुँचा, लेकिन घर पर केतन के अलावा किसी और की भी मौजूदगी उसे हैरान कर गयी। केतन ड्रॉइंग रूम में किसी से हँस–हँसकर बातें किये जा रहे थे। उसे यही लगा कि बग़ल के फ़्लैट में रहने वाली सुपर्णा वर्मा ही होगी, पर गार्ड ने तो बताया था कि वह अक्सर शाम के वक़्त आती है, अपनी बिल्ली लेने। अधेड़ हो चली सुपर्णा अभी भी सिंगल थी। नीरव को वह कभी फूटी आँख नहीं सुहायी। किसी मीडिया हाउस में काम करने वाली सुपर्णा को लेकर हाउसिंग सोसाइटी का सिक्योरिटी गार्ड उसे पहले ही आगाह कर चुका था, "साब, बहुत पूछती है आपके बारे में।" नीरव तभी सावधान हो गया था।

वह अक्सर छुट्टी वाले दिन गोद में अपनी पालतू बिल्ली उठाये मिलने चली आती थी। इस मेलजोल में नीरव को ज़रा भी इंट्रेस्ट नहीं था। न तो सुपर्णा में और न ही उसकी 'बिल्ली' में। दस–ग्यारह साल की हॉस्टल–लाइफ़ में वह 'बिल्लियाँ' मारने का सबसे माहिर खिलाड़ी रहा था। लड़कियों के मामले में अपने तजुर्बे और क़ाबिलियत पर उसे फ़ख्र था। यहाँ मगर इस केस में उसे इस बात की फ़िक्र थी कि वह तो अपने पुराने एक्सपीरियंस की बदौलत बच गया, पर केतन ठहरे लँगोट के कच्चे। वे बिल्ली भी खिलाते हैं और बिल्ली वाली से भी उनका अच्छा–ख़ासा अटैचमेंट हो गया है।

वैसे मुम्बई जैसे महानगरों में, जहाँ किसी को अपने पड़ोसी का नाम भी पता नहीं होता, ऐसे सिक्योरिटी गार्ड सचमुच भगवान की देन हैं। कौन, किसके घर गया, किसकी महफ़िल जमी, पार्क में धूप सेंकी गयी या आँख

सेंकने का काम हुआ, गार्ड के ज़रिये रोज़ कोई–न–कोई नयी ख़बर उस तक चली आती थी।

ख़ैर, उस वक़्त रात के नौ से भी ज़्यादा बज चुके थे। वह अब तक क्या कर रही है! पहले की तरह उसने अपने दिल को समझाने की कोशिश की। बहुत चाहा कि बाप की ठरक से उसे कोई फ़र्क़ न पड़े, लेकिन फ़र्क़ पड़ना था, सो पड़ गया। ऑफ़िस की मुसीबतें ही क्या कम थीं, उस पर पचपन–साठ की उम्र में बाप का धर्मग्रन्थ पढ़ने की बजाय प्रेमग्रन्थ के पन्ने पलटना। दुनिया की नज़र में एक भला, हँसमुख और मिलनसार इन्सान, पर असलियत सिर्फ़ वह जानता था।

ख़ून का घूँट पीकर उसने मेनडोर के की–होल में चाबी लगायी। इण्टरलॉक की आवाज़ से ड्रॉइंगरूम में सन्नाटा पसर गया। केतन चाभी की आवाज़ सुनकर ख़ामोश हो गये थे। सुपर्णा की मौजूदगी का एहसास नीरव को भीतर तक विरक्ति के भाव से भरता जा रहा था। वह चुपचाप शू–रैक पर हेलमेट रखकर आगे बढ़ा। इस असहज माहौल से वह जल्द से जल्द छुटकारा चाहता था, इसलिए लपककर अपने कमरे के दरवाज़े का हैण्डल थाम लिया। इससे पहले कि वह अन्दर जा पाता, पीछे से आयी आवाज़ ने उसे चौंका दिया।

'नीरव, कहाँ थे दिनभर? शाम से बैठी तुम्हारा इन्तज़ार कर रही हूँ।'

उलाहना देती यह आवाज़ सुपर्णा की क़तई नहीं थी। नीरव ने मुड़कर सोफ़े की तरफ़ देखा। एक मुस्कुराता चेहरा सामने था। बिल्कुल अनदेखा–सा। ग्रीन बॉर्डर वाला रेड कलर का डिज़ाइनर अनारकली सूट, चेहरे पर मेकअप की परत और होंठों पर रोशनी रिफ्लेक्ट करने वाली गाढ़ी शाइनी लिपस्टिक। अजीब–सा डेडली कॉम्बिनेशन था वह। डस्की–ब्यूटी फेयर एण्ड लवली लगाकर आयी थी।

'अर्पिता, तुम यहाँ!' नीरव ने हैरानी से पूछा।

'ख़ुद बुलाते हो और फिर इस तरह ग़ायब हो जाते हो। तुम्हीं ने कहा था इस शनिवार घर आने के लिए भूल गये?'

मान न मान, मैं तेरा मेहमान। नीरव की हैरानी दोगुनी हो गयी। उसने कब बुलाया? नीरव को मामला समझते देर नहीं लगी। ऑफ़िस से अर्पिता

ने उसके घर का पता लिया और मौक़ा देखते ही आ धमकी। ख़ैर, केतन के सामने ज़्यादा ड्रामा ठीक नहीं था। चुप रहकर उसने अर्पिता के सफ़ेद झूठ पर मिट्टी डाली और मामला सँभालने में जुट गया, लेकिन आसपास बिखरे पड़े सबूत उसे भड़काने के लिए काफ़ी थे।

सेंट्रल टेबल पर उसकी बचपन की तस्वीरों वाले कुछ एलबम्स पड़े दिखे। हो सकता है, अर्पिता ने उसके बचपन की बातें पूछी हों और केतन फ़ोटो कलेक्शन का पिटारा लेकर बैठ गये हों। शायद इतना काफ़ी नहीं था, जो सेंट्रल टेबल पर ही उसे केतन की शौक़ीन–मिज़ाजी का एक और सबूत मिल गया, चाय का तीसरा ख़ाली कप। ज़रूर सुपर्णा भी यहाँ चौकड़ी जमाकर गयी है। चिढ़न से नीरव की भौंहें एक बार फिर तन गयीं।

'क्या हुआ? लगता है, मेरा अचानक आना तुम्हें अच्छा नहीं लगा?'

'नहीं, ऐसा बिल्कुल नहीं है। तुमने याद दिलाया होता तो मैं ख़ुद ही आकर पिक कर लेता।' नीरव ने बात सँभालने की कोशिश की। वह भी केतन की मौजूदगी में अर्पिता के सामने असहाय लग रहा था। केतन ने यह बात आसानी से महसूस कर ली। वे चुपचाप उठे और अपने कमरे की तरफ़ जाते हुए बोले।

'अच्छा, तुम लोग बैठकर बातें करो। कुछ चाय या कॉफ़ी चाहिए तो बोलना, मैं बना दूँगा। और हाँ अर्पिता बेटा, डिनर करके ही जाना।'

अर्पिता ने मुस्कुराते हुए 'हाँ' में सिर हिला दिया। केतन के हटने की देर थी, अर्पिता की नज़रें नीरव पर टिक गयीं।

'लेट मी टैल यू, बचपन में बहुत क्यूट लगते थे तुम।'

'अच्छा। तो अब नहीं रहा क्यूट?'

'हम्म्म्म, अकड़ू और चालाक हो गये हो देखने में...।'

जवाब नीरव के होंठों की मुस्कान ने दिया।

'हाँ, अब ठीक है। ऐसे ही मुस्कुराते रहा करो। बचपन से ज़्यादा क्यूट लगोगे ऐसे।' अर्पिता कहती जा रही थी। उसकी बड़ी–बड़ी हिरनी जैसी आँखों में नीरव के लिए बेशुमार प्यार साफ़ झलक रहा था। साथ ही वह सहज दिखने की कोशिश भले ही कर रही हो, पर भीतर ही भीतर दिल

उसका भी ज़ोर से धड़क रहा था। आख़िर वह सहज हो कैसे सकती थी। भारतीय परिवेश में इस तरह कोई लड़की किसी लड़के के घर घुसती है भला! क्यों नहीं घुस सकती? सवाल भी उसके अपने थे और जवाब भी। जब लड़के भँवरों की तरह कलियों पर मँडरा सकते हैं तो वह किसी भी अँवरा–भँवरा को बावरा क्यों नहीं बना सकती? उसे नहीं पता। कैसे उसमें इतनी हिम्मत आ गयी कि वह सीधे नीरव के घर चली आयी!

'तुमने उस दिन मेरा घर देखा, जब मुझे ड्रॉप करने आये थे तब, तो मुझे भी तुम्हारा घर देखना चाहिए कि नहीं? तो बस अब बात बराबर हो गयी। हम दिल्ली वाले हैं भई, किसी का उधार नहीं रखते।'

बेतरतीब होने के बावजूद अर्पिता का चुलबुलापन नीरव के लिए रेगिस्तान में बारिश की बूँदों जैसा था। सुबह से भाग्योदय करने वाली लड़की की तलाश में निकला नीरव अब मेकअप की परत के पीछे अपनी 'डस्की ब्यूटी' खोज रहा था। उसने महसूस किया कि बग़ैर मेकअप अर्पिता ज़्यादा सुन्दर दिखती है। ख़ासकर उसकी शरारती आँखें, जिनकी कशिश उसे न चाहते हुए भी अपनी ओर खींच लेती है और वह भी कोई शरारत कर बैठता है।

'तो कैसे आयीं तुम?'

नीरव ने उसे वैसे ही चिढ़ाते हुए पूछा, जैसा दिल्ली से लौटने पर पूछा था, 'ऑटो से या अपनी झाड़ू से?'

'झापड़ खाओगे?' अर्पिता ने हँसते हुए जवाब दिया। अब नीरव खुलकर हँस रहा था। अर्पिता भी हँसती–बोलती रही। इसी सहजता भरे माहौल में कुछ देर बाद अर्पिता के बुलाने पर केतन भी आकर उनके साथ हो लिए। कई सालों बाद ठाकुर विलेज, कान्दिवली ईस्ट की उस हाउसिंग सोसाइटी का फ़्लैट नम्बर 203 ठहाकों से गूँज रहा था। इसी बीच तय हुआ, क्यों न डिनर ऑर्डर कर लिया जाये...अर्पिता को जल्दी लौटना भी था, इसलिए पास के रेस्टोरेंट में डिनर का प्लान बन गया। अर्पिता की मज़ेदार बातों के बीच खाना कब ख़त्म हुआ और कब ग्यारह बज गये, पता ही नहीं चला। अर्पिता ने वहीं से वापस गोरेगाँव जाने के लिए ऑटो लिया और लौट गयी। बिना सास वाला अपना 'भावी ससुराल' उसे ख़ूब पसन्द आया था। ऑटो–रिक्शा में गोरी अपने गोरेगाँव लौट रही थी।

नीरव से जुड़ी यादें उसके चेहरे पर मुस्कुराहट की लहरें ला रही थीं।

अर्पिता के जाने के बाद नीरव और केतन लौटे तो फ़्लैट में वापस चिर–परिचित सन्नाटा पसरा मिला। अँधेरे में फ्रेंच विंडो से बाहर नज़र आ रहे संजय गाँधी नेशनल पार्क की हरियाली काली हो चली थी। दिनभर भविष्य के ख़्वाब देखकर थक चुकीं नीरव की आँखें, अब बोझिल होकर मुँद रही थीं। जल्द ही वह नींद के आग़ोश में चला गया। उजाले के देवता सूर्य को उगने में अब भी कुछ पहर बाक़ी थे और अँधेरे का देवता शनि अपने सबसे प्रबल रूप में था।

शनिवार की उस रात अर्पिता का अचानक नीरव से मिलने आना केतन को न जाने क्यों बहुत बेचैन कर गया था। पहली बार नीरव की कोई दोस्त उनके घर तक आयी थी। अर्पिता की बातों से केतन समझ गये थे कि उसके दिल में नीरव के लिए बेशुमार प्यार है। वह प्यार उन्हें कविता की याद दिला रहा था। कविता के साथ वैवाहिक जीवन की स्मृतियाँ केतन की आँखों के सामने तैर रही थीं। उन्हें यह भी याद हो आया कि कविता की मौत और नीरव को लेकर फ़ादर गोम्स के एक ख़त ने कैसे एक झटके में सब–कुछ ख़त्म कर दिया था।

यह भी न जाने कैसी विडम्बना थी कि जहाँ एक तरफ़ बेटा भविष्य में झाँककर 'भाग्योदय' करने वाली लड़की तलाश रहा था, वहीं अतीत की दारुण स्मृतियाँ एक लाचार पिता को लगभग घसीटते हुए वहाँ ले जा रही थीं, जहाँ से बाप–बेटे के दुखों की शुरुआत हुई थी। अतीत की बन्द किताब के पन्ने अर्पिता की आमद के ताज़ा हवा सरीखे झोंके से ख़ुद–ब–ख़ुद पलटने लगे...

साक़ी ने दी न पीने की क़सम

नीरव की माँ को गुज़रे 34 दिन हो चुके थे। कविता की मौत के सदमे से केतन ज़रा–सा उबरे ही थे, तब तक फ़ादर गोम्स का लैटर उन्हें मिल गया। केतन का डिप्रेशन और गहरा गया। अगले दिन उन्हें पंचगनी के लिए रवाना होना था। उन्होंने वर्सोवा ब्रांच से घर जाने के लिए अँधेरी स्टेशन की बस पकड़ी, लेकिन घर के मोड़ पर उतरने के बाद आगे बढ़ने की हिम्मत नहीं जुटा पाये। उन दिनों केतन वीरादेसाई रोड पर किराये के एक छोटे–से फ़्लैट में रहा करते थे। कविता की मौत के बाद घर में उनका दिल नहीं लगता था। फिर नीरव भी वापस हॉस्टल चला गया था। केतन से अपने दिल का सूनापन सँभाले नहीं सँभल रहा था। वे किसी–न–किसी बहाने देर तक घर से बाहर रहने की कोशिश करते। उनके क़दम बरबस ही सामने सुरेश शेट्टी के रेस्टोरेंट–बार की तरफ़ बढ़ते चले गये।

सुरेश शेट्टी, यानी नीरव के 'अन्ना अंकल।' अन्ना से केतन की दोस्ती सालों पुरानी थी। उम्र केतन से कुछ छह या सात साल ज़्यादा ही रही होगी। हाइट क़रीब पाँच फ़ीट, आठ या नौ इंच और रंग एकदम काला। अन्ना को जानने वाले उसे देखकर अक्सर गहरी सोच में पड़ जाते कि इस आदमी का रंग ज़्यादा काला है या फिर इसके पास धन ज़्यादा काला है! पूरी मुम्बई में अन्ना के बीस से भी ज़्यादा बार–कम–रेस्टोरेंट थे। एम.आई.डी.सी. और मरोल में उसकी तीन फ़ैक्ट्रियाँ थीं। करोड़ों का एम्पायर था अन्ना का। महाकाली केव्स रोड पर तक़रीबन एक एकड़ में फैला उसका आलीशान बँगला देखते ही बनता था। मुम्बई में ऐसे

ऐल–फैलकर बने बँगले अब अँगुलियों पर गिने जा सकते हैं। दिग्गज नेता हों या अभिनेता, सभी अन्ना जैसा बँगला बनाने का ख़्वाब देखते हैं, पर माया की इस नगरी में पैरों के नीचे ज़मीन कितनों को नसीब होती है और कितनों को इसकी ज़रूरत है। यहाँ पर तो अब घर भी हवा में ही होते हैं और दिमाग़ भी।

ख़ैर, अन्ना पूरी टशन के साथ अपने घर से दस–ग्यारह बजे के क़रीब निकलता। चकाला के रेस्टोरेंट–बार से कैश–कलेक्शन का काम करते हुए, पूरी मुम्बई में फैले अपने धन्धों का हिसाब लेते हुए, अक्सर दिन का कैश–डिपॉजिट करने वर्सोवा ब्रांच पहुँच जाता था। यहीं आते–जाते अन्ना की केतन से दोस्ती हो गयी। उन दिनों केतन वहीं बैंक में कैशियर थे। नौकरी से पहले ही वे सी.ए. भी कम्प्लीट कर चुके थे। इस दोस्ती का असर यह हुआ कि कुछ ही समय में अन्ना के अकाउंट्स और ऑडिट केतन के सुपरविजन में चले गये। टैक्स और दूसरे तरीक़ों से पैसे बचाने के जो टिप्स दूसरे सी.ए. लाखों ख़र्च करने के बाद भी नहीं दे पाते थे, ऐसी–ऐसी फाइनेंशियल एडवाइस केतन से यूँ ही बैठे–बिठाये मिल जाती थीं। बावजूद इस सबके केतन और अन्ना के बीच का रिश्ता कभी प्रोफ़ेशनल नहीं रहा। अन्ना ने केतन की ईमानदारी को अच्छी तरह पहचान लिया था और कई बार उन्हें बैंक की नौकरी छोड़कर, उनका बिज़नेस सँभालने की पेशकश भी की थी। गाड़ी–बँगला और भी क्या कुछ ऑफ़र नहीं किया था, पर पता नहीं केतन किस मिट्टी के बने थे। उन्होंने अन्ना की सिर्फ़ यही एक बात कभी नहीं मानी।

'ईमानदारी' ये वह स्वाद है, जो अन्ना की ज़बान बरसों पहले चख के छोड़ चुकी है। जानने वाले कहा करते थे कि उनतीस–तीस साल की उम्र तक अन्ना सिर्फ़ ईमानदारी की रोटी खाता था। सालों पहले दादर वेस्ट में उसका सिर्फ़ एक छोटा–सा रेस्टोरेंट था, प्योर वेजिटेरियन फूड रेस्टोरेंट, लेकिन तभी मुम्बई में एक लोकल पार्टी ने अपनी राजनीतिक रोटियाँ सेंकने के लिए दक्षिण भारतीयों को 'बाहरी घुसपैठिये' बताकर उनके ख़िलाफ़ मुहिम छेड़ दी और स्थानीय लोगों को भी बुरी तरह से बरगलाना शुरू कर दिया कि ये 'बाहरी' लोग उनकी रोज़ी–रोटी का हक़ मारकर अपने पैर जमा रहे हैं। बरसों जो हाथ दुआ–सलाम के साथ मिलते–जुड़ते थे, अब उन्हीं में विरोध की आग थी और उसी विरोध की

आग में अन्ना की ईमानदारी और उसका रेस्टोरेंट, दोनों जलकर राख हो गये। जिस पल में अन्ना का रेस्टोरेंट उसकी आँखों के सामने जल रहा था, उसी पल में उसकी मासूमियत और ईमानदारी भी उसी में भस्म हो रहे थे। बस...उसी राख से ये नया अन्ना पैदा हुआ था, जो यह जानता था कि अगर उसे यही धन्धा करना है तो अपने रेस्टोरेंट से सिर्फ़ कुछ लोगों का पेट ही नहीं भरना है, बल्कि बहुत–से लोगों की उस ख़ुदगर्ज़ी–भरी भूख को भी ठण्डा करते रहना है, जो कभी नहीं मिटती, बल्कि अगर भड़क जाये तो सब–कुछ लील जाती है। चाहे वह किसी का सपना हो या ईमानदारी।

ख़ैर, जली हुई राख–तले दबी चिनगारियों के समान ही उसमें बची रह गयी ईमानदारी की झलक अब सिर्फ़ गिने–चुने लोगों को ही कभी–कभार नज़र आ जाती है। बाक़ी सब धन्धा था और धन्धे में सब चलता है। सौभाग्य से केतन उन्हीं गिने–चुने लोगों में से एक थे।

केतन को रेस्टोरेंट में दाख़िल होता देखते ही एक वेटर चिल्ड बीयर और कुछ स्नैक्स लेकर हाज़िर हो गया। एंट्रेंस के पास की एक टेबल पर केतन का 'फिक्स्ड–ऑर्डर' प्लेस करते हुए वेटर बोला।

'आप बैठिए सर। आज अन्ना इधरीच्च है, ऊपर लाउज में इम्पॉर्टेंट मीटिंग के वास्ते। मैं बोलता उनको।'

केतन क्या ऑर्डर करेंगे, यह बात रेस्टोरेंट के सभी वेटर्स को मालूम थी। अन्ना की सख़्त हिदायत भी सभी जानते थे कि केतन कितना भी कहें, कोई उनके सामने बिल लेकर नहीं जायेगा। इसी वजह से केतन यहाँ आना टालते थे, पर घर के बिल्कुल पास होने की वजह से उनका अक्सर आना हो जाता था। वैसे भी उन्हें पीने का चस्का तो था नहीं, कभी–कभार बस दाँत गीले कर लेते थे। मगर पिछले कुछ दिनों से यह सिलसिला रोज़ की बात हो गयी थी और उस दिन तो हद ही हो गयी। केतन ने बीयर की दूसरी बॉटल भी मँगा ली। वेटर भी हैरान था। अभी केतन सेकेण्ड राउण्ड का पहला गिलास ख़त्म भी नहीं कर पाये थे कि अचानक अन्ना आ धमका।

'और क्या बोलता केके।'

अन्ना केतन कान्त की जगह उन्हें 'केके' कहकर ही बुलाता था। उसने

सामने रखी कुर्सी खींची। बैठते हुए उसकी लाल आँखें लगातार केतन को घूरती रहीं।

'तेरा हाल कुछ ठीक नयी मालूम पड़ता। लड़का बोला, आज तू फर्स्ट टाइम दूसरी बाटली ऑर्डर किया। कुछ टेंशन–वेंशन है तो बोल न।'

'कुछ नहीं अन्ना। बस बहुत दिनों से मिलना नहीं हुआ। सोचा, तुमसे मिलता चलूँ। बस इसीलिए आ गया। तुम ऊपर बिज़ी थे तो सोचा, चलो एक और बीयर हो जाये।' केतन ने कोशिश तो की मुस्कुराने की, पर आँखों ने साथ नहीं दिया।

'ए चल न... मैं तेरे को ऐड़ा दिखता है क्या?'

अन्ना की आँखों ने लगातार केतन का इंस्पेक्शन जारी रखा। वह केतन का उसूल अच्छी तरह जानता था। कई सालों के साथ में केतन ने न कभी अपना ब्राण्ड बदला, न क्वांटिटी। फिर आज अचानक दूसरी बीयर क्यों...। अन्ना चुपचाप खड़ा हुआ। यकायक उसके तेवर कुछ बदल गये थे। बची हुई बीयर की बॉटल उठाई और वेटर को थमाते हुए बोला–

'स्साला...बात करता है...पच्चीस साल से लोगों को पिला रहा हूँ। कौन कितनी पियेगा, कैसे पियेगा और क्यों पियेगा...मेरे को सब मालूम पड़ जाता है रे।'

हमेशा अंगार की तरह नज़र आने वाली उसकी आँखें और भी दहक उठीं, जैसे किसी बात ने उसकी आँखों में दबे शोलों को हवा दे दी हो। अन्ना ने केतन का हाथ पकड़ा और उसे लगभग खींचते हुए ऊपर एयरकंडीशंड लाउंज़ में ले आया। वहाँ कोई नहीं था। न ट्रैफ़िक का शोर और न बार से उठने वाली सिगरेट और शराब की तीख़ी गन्ध। यहाँ तक कि बार के ट्रेड–मार्क म्यूज़िक की आवाज़ भी वहाँ तक लाइट पड़ चुकी थी। केतन की आँखों में आँखें डालकर अन्ना फिर बिफ़र पड़ा–

'ऐ बोल न...तेरा अक्खा हिस्ट्री मेरे को मालूम है। तू रोज़ पीने लग गया है न? आज दो बीयर हुआ। कल तीन होगा। फिर व्हिस्की...फिर वोडका...और फिर तू बेवड़ा...'

अगर यह फ़िक्र हरेक ग्राहक के लिए रही होती तो अन्ना का रेस्टोरेंट कम बीयर–बार का साम्राज्य महीने–भर में चौपट हो जाता,

लेकिन यह परवाह सिर्फ़ और सिर्फ़ केतन के लिए थी। केतन उसके लिए ग्राहक नहीं थे। अचानक से सब–कुछ बदल गया। अन्ना की दहकती आँखों में न जाने कहाँ से बूँदें उमड़ आयीं और उसके गालों को भिगोने लगीं।

'मैं तेरे को बेवड़ा नयी बनने देगा केके...नयी बनने देगा...बस।'

अन्ना का यह रूप केतन के लिए बिल्कुल नया था। कविता की अन्तिम यात्रा में अन्ना और उसके फ़ंटर लोग ही दो दिन तक भाग–दौड़ करते रहे। उस दौरान अन्ना की आँख में एक पल के लिए भी कोई नमी नज़र नहीं आयी, पर आज अन्ना फफक–फफककर रो रहा था। शायद सबकी मौजूदगी में उसने ख़ुद पर क़ाबू कर रखा था, लेकिन वहाँ उस लाउंज़ में सिर्फ़ केतन और अन्ना थे। अन्ना ने केतन का हाथ छोड़ा और उसे अपनी बाँहों में भींच लिया। केतन को अन्ना की भीगी आवाज़ सुनायी दे रही थी।

'मत पी, केके...मेरे को डर लगता है...हज़ारों को बर्बाद होते देखा मैं...तुझे ऐसे नयी पीने देगा मैं...। तू अपुन का सच्चा दोस्त है...भाई है अपुन का...'

अन्ना अब भी सुबक रहा था। अन्ना की हालत ने केतन को पिघलाकर रख दिया। उसकी आँखें नम हुईं और वह बात निकलकर उनकी ज़ुबान पर आ गयी, जिसने केतन की घुटन बढ़ा दी थी।

'अन्ना, मैं सुबह पंचगनी जा रहा हूँ, नीरव को लेकर कुछ ज़रूरी बात है। फ़ादर गोम्स ने बुलाया है तो ज़रूर कोई बड़ी बात होगी। जानते हो अन्ना, मेरे बेटे नीरव को लगता है कि कविता की मौत का ज़िम्मेदार मैं हूँ। अन्ना, अब तुम्हीं बोलो कि मैं किसके लिए जिऊँ? कविता गयी और अब नीरव...मेरा अपना बेटा मुझे कविता की मौत का ज़िम्मेदार...'

आगे केतन की आवाज़ नहीं निकली। गला रुँध गया। वे एक बच्चे की तरह बिलख–बिलखकर रोते चले गये।

'केके, नीरव अभी बच्चा है। बच्चे की बात पर बच्चा बनने का नयी। तू जानता है, मेरे को भी मालूम है, हम सबने कविता को बचाने के लिए क्या कुछ नहीं किया। मैं तेरे को बोला था न, कविता के इलाज़ में कोई कमी नयी करने का। कितना भी लगे। बीस लाख, पच्चीस लाख, करोड़, दो करोड़, फ़िकर करने का नयी। अन्ना बैठा है इधर...बोल तेरे को बोला

था कि नयी? अभी उस बच्चे को कौन समझाये, मौत का सौदा पैसे से हो सकता है, पर ज़िन्दगी का नयी।'

केतन को अच्छी तरह पता था, अन्ना ने ऐसा सिर्फ़ बोलने के लिए नहीं बोला था। नीरव के स्कूल एडमिशन में सवा दो लाख रुपये का डोनेशन अन्ना ने ही भरा था। उन दिनों एक मिडिल क्लास फ़ैमिली के बच्चे को पंचगनी के बोर्डिंग स्कूल में पढ़ाना, भला कोई आसान बात थी। कई दफ़ा नीरव की सालाना फ़ीस भी अन्ना सीधे स्कूल में जमा करवा देता। रसीदें केतन के पास पहुँच जातीं। वैसे भी अन्ना हर साल लाखों रुपये डोनेट करता था। पिछले कई सालों से नीरव के स्कूल में भी अन्ना का चन्दा जाता था। ये अन्ना की सिफ़ारिश ही थी कि पंचगनी के इस सबसे अच्छे स्कूल में नीरव का एडमिशन हो पाया। अपने उसूलों के ख़िलाफ़ होने के बावजूद इन मौक़ों पर केतन हर बार नीरव के उज्ज्वल भविष्य के चलते चुप रह जाते।

उसके साल भर पहले अन्ना ने केतन को अँधेरी में एक फ़्लैट की पेशकश भी की थी। बिल्डर अन्ना की पहचान का था। प्रीमियम का पैसा अन्ना ब्लैक मनी के 15 लाख देकर भरने वाला था। केतन और कविता को अपनी सेविंग और होम लोन मिलाकर सिर्फ़ कुछ नौ–दस लाख रुपये के क़रीब भरने पड़ते, पर केतन अन्ना का फेवर टाल गये। एक दिन केतन और कविता जाकर कान्दिवली में नेशनल पार्क से लगा न्यूली डेवलप्ड इलाक़ा देख आये। तब कान्दिवली ठाकुर विलेज़ का बसना शुरू ही हुआ था। वहाँ टू बी.एच.के. फ़्लैट उनके बजट में था। कविता को संजय गाँधी नेशनल पार्क से लगे उस इलाक़े का एकान्त भी पसन्द आ गया। बस दोनों ने रिटायरमेंट प्लानिंग के तौर पर कान्दिवली के फ़्लैट की डील फ़ाइनल कर दी। अन्ना को पता चला तो नाराज़गी में उसने पूरे एक महीने केतन से बात तक नहीं की। केतन मिन्नतें करते रहे, पर अन्ना की ज़ुबान पर ताला लगा रहा।

आज वही अन्ना केतन को चुप देखकर परेशान हो रहा था। केतन थे कि बिना कुछ कहे बस रोये चले जा रहे थे।

ज़ख़्म गहरा है, इस बात का अन्दाज़ा उन्हें था, पर यह नासूर बनकर उम्र–भर सालता रहेगा, इसका एहसास उन्हें क़तई नहीं था। पिछले सत्रह

सालों में यही रोना बार–बार उनकी ज़िन्दगी में होता रहा। पहली बार जब नीरव ने कहा था कि उसके दोस्तों के माँ–बाप महँगी कारों में बैठकर उन्हें हॉस्टल छोड़ने आते हैं और उसका बाप उसे किराये की टैक्सी में ले जाकर पटक आता है, उनकी एक कार ख़रीदने तक की औक़ात नहीं, तब नीरव के मुँह से उसकी उम्र से बड़ी यह बात सुनकर केतन भीतर तक आहत होकर रोये थे। यह महज़ शुरुआत थी। तानों और बेरुख़ी का ये सिलसिला बहुत लम्बा चलना था, कभी खिलौनों के लिए, कभी कपड़ों या जूतों के लिए हर बार केतन की आँखें भीग जाती थीं। मगर उस दिन ज़रा भी नहीं भीगीं, जब नीरव ने उनकी आँखों में आँखें डालकर कहा, 'मुझे शर्म आती है कि आप मेरे बाप हैं।'

क्यों एक बाप अपने ही बेटे के हाथों बार–बार बेइज़्ज़त होने को मजबूर था? ऐसे हर सवाल का जवाब शायद फ़ादर गोम्स की उसी चिट्ठी में था, जिसकी वजह से वे सन् 1998 में जनवरी की अगली सुबह पंचगनी जा रहे थे...

वह अतीत, जिसने भविष्य में भरा डर और अन्धकार

उन दिनों 'पीटीएम' कोई प्रचलित शब्द नहीं था। स्कूल से आया बुलावा मिडिल क्लास पैरेंट्स के लिए दम फुलाने वाली बात हुआ करती थी। फिर केतन को तो इतने बड़े स्कूल के प्रिंसिपल फ़ादर गोम्स का लिखित बुलावा आया था। बस जैसे–जैसे पंचगनी के नज़दीक पहुँच रही थी, एयरकण्डीशनर ऑन होने के बावजूद केतन पसीने से नहाता जा रहा था। उसकी धड़कनें असामान्य होती जा रही थीं। फ़ादर गोम्स का पत्र मिलने के बाद से पूरे हफ़्ते–भर वह कई आशंकाओं से घिरा रहा था। बोर्डिंग में रहकर एक बड़े बॉलीवुड स्टार के कच्ची उम्र में ड्रग एडिक्ट बनने का क़िस्सा उन्हें सबसे ज़्यादा परेशान करता रहा था। वह रुपहले परदे पर कभी नायक तो कभी खलनायक बना नज़र आया। दोनों रूपों में परदे पर तो उसके किरदार बेहद सराहे गये, लेकिन परदे के पीछे छिपा रह गया उसका विद्रूपतम बचपन और उसका अवसाद केतन अच्छी तरह महसूस कर पा रहे थे। आख़िर महज़ ग्यारह साल की उम्र में उनका बेटा भी एक बोर्डिंग स्कूल में था। वे अपनी पत्नी को तो पहले ही खो चुके हैं, बेटे को खोने की हिम्मत उनमें नहीं बची।

डर–आशंकाओं का यह सिलसिला तब तक नहीं थमा, जब तक कि वे स्कूल पहुँच नहीं गये। उन्हें जहाँ ठहराया गया, वह गेस्ट–हाउस स्कूल कैम्पस की सबसे ख़ूबसूरत लोकेशन पर था। वहाँ से पूरे स्कूल की हलचल नज़र आती थी। ब्रिटिश स्थापत्य की झलक लिए स्कूल की

बिल्डिंग, दायीं ओर एक बड़ा–सा प्लेग्राउण्ड और चारों तरफ़ बाउण्ड्रीवॉल से लगा गार्डन–एरिया, खिड़की से सब–कुछ नज़र आ रहा था, सिवाय नीरव के। केतन की नज़रें गेट के ठीक सामने बने मदर मैरी के बड़े से स्टेच्यू पर टिकी रहीं। नीरव के आने की उम्मीद में जब भी वे खिड़की से बाहर झाँकते, बरबस उनकी नज़रें मदर मैरी पर ठहर जातीं। उनकी आँखें जड़ क्या हुईं, मदर मैरी की मूर्ति में जान आ गयी...अब नीरव को गोद में लिए कविता वहाँ खड़ी थी...नीरव का वही नटखट रूप फिर साकार हो गया...उसे हर वक़्त गोद में लेना ज़रूरी था, क्योंकि गोद से उतरते ही पूरे घर में विध्वंस शुरू हो जाता...जो कुछ सामने दिखता, नीरव उलट–पुलट करना शुरू कर देता...तब टूटी चीज़ें फिर आ जाती थीं...। पर अब टूटी चीज़ें कब आयेंगी...कब आयेगा नीरव...

जल्द ही उन्हें ख़बर मिल गयी, नीरव नहीं आयेगा। वह उनसे नहीं मिलना चाहता। हताश केतन ने अपनी थकी हुई देह कमरे के बीचोबीच रखी आराम–कुरसी पर लाद दी। उन्होंने ख़ुद को इतना बोझिल पहली बार महसूस किया था।

अगले दिन स्कूल के कॉन्फ्रेंस रूम में फ़ादर गोम्स, केतन कान्त, स्पिरिचुअल हीलर और काउंसलर जेनिफ़र एण्डरसन एक बड़ी–सी ओवेल–शेप टेबल की एक तरफ़ बैठे थे और दूसरी ओर नीरव खड़ा था। काफ़ी देर से बातचीत चल रही थी। नीरव अपनी बात कह चुका था। उसने वही सब कहा, जिसके बारे में फ़ादर ने केतन को पहले ही बता दिया था। सबकी बात सुनने के बाद अब बोलने की बारी काउंसलर की थी। जेनिफ़र ने पहला सवाल किया।

‘सो, यू थिंक योर फ़ादर नेवर लव्ड योर मदर?’

‘यस।’ नीरव ने पूरे आत्मविश्वास से जवाब दिया। जेनिफ़र ने तुरन्त दूसरा सवाल दागा।

‘योर फ़ादर नेवर लव्ड यू एण्ड केयर फ़ॉर यू?’

‘यस।’

नीरव ने एक बार फिर गम्भीर स्वर में जवाब दिया। नीरव की आवाज़ और उसका अन्दाज़ दोनों उसकी उम्र से काफ़ी ज़्यादा गम्भीर लग रहे

थे। वह उतना ही बोला, जितना उसे बोलना था। जेनिफ़र के लिए यह चुनौती–भरा वक़्त था, क्योंकि उनके लिए यह केस किसी पहेली से कम नहीं था। फ़ादर गोम्स ने उन्हें नीरव के बारे में पहले ही बता दिया था। नीरव से हारकर जेनिफ़र ने केतन की तरफ़ रुख़ किया।

'फ़ाइनली मिस्टर कान्त...आप कुछ कहना चाहेंगे?'

'मैं क्या कहूँ, फ़ादर गोम्स हमारी फ़ैमिली हिस्ट्री, फ़ाइनेंशियल कंडीशन और बाक़ी तमाम बातें जानते हैं। मैंने अपने परिवार को हमेशा सबसे बड़ी प्रायोरिटी पर रखा है। कविता की डेथ के बाद अब नीरव ही मेरी सबसे बड़ी उम्मीद है। बस इतना समझ लीजिये कि अब मैं सिर्फ़ उसी के लिए जी रहा हूँ...।'

'झूठ...' नीरव ने केतन की बात बीच में ही काट दी, जैसे कि केतन को लेकर उसका निष्कर्ष उनकी कही हुई बातों से डिग रहा हो। 'पापा ने मुझे कभी नहीं चाहा और मम्मी को तो बिल्कुल भी नहीं।' नीरव कुछ देर के लिए रुका। उसे लगा, बात काटने पर उसे डाँट पड़ेगी, लेकिन जेनिफ़र और फ़ादर गोम्स ने उसे अपनी बात बिना डरे पूरी करने का इशारा किया।

'पापा मम्मी से शादी नहीं करना चाहते थे।' नीरव फिर चुप हो गया।

जेनिफ़र ने फ़ादर गोम्स के कान में अपनी कोई शंका ज़ाहिर की तो उन्होंने तुरन्त नीरव से सवाल कर लिया–

'नीरव, किसने बोला ऐसा? डिड योर मदर से इट टू यू?'

'नो फ़ादर, मैंने मम्मी की डायरी में पापा के पुराने लैटर्स देखे थे। लास्ट समर वेकेशन में जब मैं मुम्बई गया था, तब एक बार मम्मी हॉस्पिटलाइज हुई थीं। मैं उनके साथ हॉस्पिटल में रुका था। वहीं उनकी डायरी में मैंने पापा के कुछ बहुत पुराने लैटर्स देखें, कुछ पढ़े भी थे। सभी लैटर्स में पापा ने मम्मी को यही लिखा था कि वे उनसे शादी नहीं करना चाहते।'

नीरव के इतना कहते ही तेरह साल पुरानी यादें केतन के सामने तैर गयीं। कविता को लिखे वे कुछ पत्र उन्हें आज भी याद थे। उनमें लिखी बातें वे क़तई नहीं भूले थे, पर भूतकाल का भूत यूँ उनके पीछे पड़ जायेगा, इसकी उम्मीद उन्होंने बुरे–से–बुरे सपने में भी कभी नहीं की थी।

फ़ादर गोम्स को भी शायद यक़ीन नहीं आया–

'मिस्टर कान्त, नीरव ने जो भी कहा, क्या यह सच है?'

'यस फ़ादर, बट इट्स नॉट लाइक दैट! रिलेशनशिप्स में ऐसा होता है। व्हैन यू आर कमिटेड, समटाइम्स सरकमस्टैंसेज़ ऐसी होती हैं कि आदमी कमज़ोर पड़ जाता है। मेरे केस में भी वही हुआ, लेकिन मेरा डिलेमा जल्द ही ख़त्म हो गया। नीरव जब बड़ा होगा, तब शायद उसे कमिटेड रिलेशनशिप्स का वह कॉम्पिलिकेशन ज़्यादा अच्छी तरह समझ आयेगा। राइटनाव नीरव काण्ट अण्डरस्टैण्ड माय सिचुएशन। आफ्टरऑल ही इज़ जस्ट ए किड।'

नीरव मानो सिर्फ़ केतन की बात में कोई फुल स्टॉप ढूँढ़ रहा था।

'नो, आई एम सिम्पली नॉट ए किड। आई केन अण्डरस्टैण्ड योर इंटेंशन। मेरे दोस्त सही बोलते हैं, मोस्ट ऑफ़ द फ़ादर्स आर बास्टर्ड्स...'

'शटअप नीरव...हाऊ डेयर यू टू टॉक लाइक दिस...' फ़ादर गोम्स ग़ुस्से से चीख़ पड़े। केतन पहली बार उनका ग़ुस्सा देख रहे थे। चेहरा उत्तेजना से लाल हो चुका था। वे लपककर उठे। नीरव का हाथ पकड़कर उसे लगभग खींचकर बाहर ले गये। नीरव एक ढीठ बच्चे की तरह उनकी आँखों में झाँके जा रहा था। मानो कह रहा हो...कर लो, जो करना है...सबकुछ खोने के एहसास ने उसे उद्दण्ड बना दिया था। कलेजे में आग दोनों तरफ़ लगी थी। उनकी कुछ बचा पाने की उम्मीद पर भी पानी फिरा और वे फफक पड़े। फ़ादर गोम्स के लौटने तक केतन की आँखें लाल हो चुकी थीं।

'फ़ादर, मेरे साथ यह सब क्या हो रहा है? मैं ही क्यों फ़ादर...'

'हिम्मत से काम लीजिये, मिस्टर कान्त। ऐसे रोने से कुछ होने का है तो बोलो, मैं भी आपके साथ रो लेता हूँ। बट इट्स नॉट द सॉल्यूशन, माय सन। प्लीज़ ट्राई टू अण्डरस्टैण्ड, नीरव सेटन के टेंप्टेशन में है। बाइबल में इसका जवाब है, माय डियर सन। गार्डन ऑफ़ ईडन में एडम और ईव ख़ुशी से रह रहे थे, पर वह सेटन था, जिसने उन्हें फ़ॉरबिडन फ्रूट खाने के लिए बरगलाया। सेटन की बातों में आकर दोनों के दुखों की शुरुआत हो गयी। ही इज़ इन बेड कम्पनी। हॉस्टल में कई बच्चों

से बात किया मैंने। इधर बहुत तरह के बच्चे पढ़ने आते हैं। कुछ के लिए फ़ैमिली सबकुछ है। बट फ़ॉर मेनी ऑफ़ दोज फ़ैमिली वैल्यूज़ आर नथिंग। सारे एजुकेशनल इंस्टिट्यूट्स का यही एक बड़ा प्रॉब्लम है। हम सब लोग बच्चों को लेकर सिलेक्टिव नईं हो सकता...कई पेरेंट्स के पास बहुत पैसा है, पर बच्चों के लिए टाइम नयी। हस्बैण्ड–वाइफ़ के रिलेशन में स्ट्रेस है। सम ऑफ़ देम हैज स्टेप मॉम तो कुछ का सौतेला बाप भी है, मिस्टर कान्त, एण्ड वी काण्ट स्टॉप देम...आई होप, आपको समझा, मैं क्या बोलना चाहता हूँ?'

फ़ादर गोम्स ने एक गहरी साँस ली, फिर आगे अपनी बात कहते गये,

'नीरव पिछले कुछ महीनों से फ़ैमिली वैल्यूज़ से डिप्राइव्ड ऐसे ही बच्चों की कम्पनी में है। मैंने नीरव से बात की। इवेन आई वाज़ सरप्राइज़्ड, जब वह बोला कि मेरे पापा मेरी माँ को पसन्द नहीं करते थे। उन्होंने जान--बूझकर माँ को मरने दिया। वह बोला कि उसके सारे दोस्त बोलते हैं, तेरे पापा ने नयी मम्मी लाने के लिए ऐसा किया। मिस्टर कान्त, आई नो, सब बकवास बात है...पर उसने हर बकवास को सच मान लिया है। सच बोला आपने कि वह अभी नहीं समझ पायेगा, लेकिन आप ज़्यादा फ़िक्र मत कीजिए, वह थोड़ा और बड़ा होने पर समझ जायेगा...'

मुम्बई लौटने से पहले केतन ने नीरव से एक बार अकेले में मिलने की गुज़ारिश की। फ़ादर नीरव को पेरेंट मीटिंग रूम में छोड़ आये। बाहर आकर रिसेप्शन पर इन्तज़ार कर रहे केतन को अन्दर जाने का इशारा किया। केतन दबे क़दमों से कमरे में दाख़िल हो गये। सामने जीजस क्राइस्ट की एक बड़ी–सी तस्वीर के सामने नीरव हाथ बाँधे खड़ा था। तस्वीर की निचली सतह दीवार से सटी हुई थी, जबकि ऊपरी हिस्सा दीवार से लटककर झूल रहा था। कीलों के सहारे स्टील की पतली ज़ंजीरें उस तस्वीर को सँभाले हुए थीं। सामने खड़े होने से नीरव का अक्स उस तस्वीर में मर्ज़ हो रहा था। क्रूस पर जीसस का चेहरा यातना को मुँह चिढ़ा रहा था और नीरव, वह तो यातना की ही हँसी उड़ा रहा था। नहीं होऊँगा दुखी। जाओ, जो करना हो, कर लो। पीछे से आकर तस्वीर में एक अक्स और मर्ज़ हो गया। संयत क़दमों से केतन का साया तस्वीर में नीरव के पास आया और उसके ठीक पीछे कुछ दूर जाकर ठहर गया। जीसस की तस्वीर मानो संवाद का ज़रिया बन गयी। नीरव

अब भी एकटक तस्वीर में झाँके जा रहा था। केतन ने तस्वीर में अपना अक़्स देखा, नीरव पर नज़र डाली और फिर वह भी जीजस की झलक में खो गये। अब तस्वीर में नज़र आ रहे एक क्रूस पर तीन लोग सवार हो गये थे। एक जीजस, एक नीरव और केतन...उनमें से कोई भी अपनी यातना प्रकट करने को तैयार नहीं था...पर किसी को तो पहल करनी थी...

'नीरव, तुम्हारी माँ को लिखे हुए मेरे दर्जनों लैटर्स और भी हैं। वे लैटर्स मैं अगली बार आने पर तुम्हें ज़रूर दिखाऊँगा। तब शायद तुम्हें यक़ीन हो पाये कि कविता मेरी ज़िन्दगी में सबकुछ थी। उसके जाने के बाद अब मैं बस तुम्हारे लिए जी रहा हूँ। नीरव, देखो बेटा...मेरी तरफ़ देखो...मेरी आँखों में देखो। क्या तुम्हें वाक़ई लगता है कि कविता को मैंने इतनी आसानी से जाने दिया?'

केतन की बात पर नीरव की तरफ़ से कोई हलचल नहीं हुई। वह अब भी जीजस की तस्वीर में खोया हुआ था...

केतन पंचगनी से ख़ाली हाथ लौट आये। इस उम्मीद में कि नीरव बड़ा होने पर सब समझ जायेगा...पर वह और कितना बड़ा होगा। उस बात को अठारह साल हो चुके थे, लेकिन केतन के लिए नीरव का व्यवहार जस का तस रहा। अर्पिता के अचानक घर आने से पहली बार केतन ने नीरव को प्यार की बौछार से सराबोर देखा और एक बाप की उम्मीद वापस बँध गयी कि हो सकता है, नीरव अब समझ जाये, क्योंकि अक्सर इन्सान प्यार होने या खोने के बाद ही प्यार का सही मोल समझ पाता है...

तो क्या नीरव प्यार की अहमियत तभी समझेगा जब प्यार कहीं खो जायेगा?

प्यार गया तेल लेने

नीरव ज़्यादा आवाज़ों का आदी नहीं था। उसका मोबाइल भी अक्सर साइलेंट मोड पर ही रहता था। इधर पिछले दस–बारह दिनों में अचानक उसकी ज़िन्दगी में काफ़ी शोरगुल बढ़ता गया। 350 सी.सी. के इंजन वाली बाइक की बेतरतीब आवाज़, ऑफ़िस में उसके कॉलीग्स की आवाज़ें, मोबाइल के मैसेजिंग एप पर हर थोड़ी देर बाद होने वाली पिंग–पिंग... सारी आवाज़ें उसके मन में गहरी कोफ़्त पैदा करती जा रही थीं। रघु के रिज़ाइन और पाण्डेय जी की भविष्यवाणी ने उसके कान सुन्न कर दिये थे। एक बेसब्री के साथ उसे सिर्फ़ किसी अच्छी ख़बर का इन्तज़ार था। बस, अर्पिता के वक़्त–बेवक़्त आने वाले टेक्स्ट मैसेज़ को पूरी छूट मिली हुई थी। उसने महसूस किया कि अर्पिता के मैसेज़ देखने की लत बढ़ती जा रही है। इससे पहले फ्रेंड्स और ऑफ़िस के मोबाइल चैट–ग्रुप में वह कभी–कभार ही झाँकता था, लेकिन अर्पिता के मैसेज़ का उसे इन्तज़ार रहता। अर्पिता की बेक़रारी भी कुछ कम नहीं थी। एक मैसेज़ आने के थोड़ी देर बाद दूसरा आ जाता। रिप्लाई नहीं मिलता तो पीछे ही पड़ जाती–

'नीरव, कहाँ है तू?'

'अरे बाबा, रिप्लाई तो कर।'

'गोरेगाँव आया है क्या? अभी ओबेरॉय मॉल पर देखा तुझे।'

'किसी और को देखा होगा। आई एम एट होम।'

'ओह तेरी...जवान लड़का, वह भी हैण्डसम...नौकरी भी है, पर छोकरी नहीं। इट्स वेरी बैड...'

'नहीं चाहिए नौकरी से भी मन भर गया है।'

'देख यार, लड़का तभी अच्छा माना जाता है, जब कम्पनी अच्छी हो। 'नौकरी वाली' भी और 'छोकरी वाली' भी। समझा क्या?'

'क्या मतलब?'

'मतलब यह कि जब तक तुझे 'छोकरी वाली' कोई अच्छी कम्पनी नहीं मिल जाती, तब तक तू चिन्ता मत कर, मैं हूँ न। डोंट वरी, तेरी बाइक की पिछली सीट ख़ाली नहीं रहेगी।'

'सीधे–सीधे बोल न, तुझे सुबह ऑफ़िस जाते हुए पिक करना है।'

'ओए–होए...तू तो बड़ा समझदार निकला। इत्ती जल्दी समझ गया। ओके डन, शार्प नौ बजे एट ओबेरॉय मॉल।'

'नो नो, इट्स टू अर्ली, मीट एट नाइन थर्टी। बाइक आ गयी है न! मैं आराम से ऑफ़िस के लिए निकलता हूँ।'

'ओके, बट वाइफ़ नहीं हूँ कि इन्तज़ार करती बैठूँगी। गर्लफ्रेंड को लेट करवाने का मतलब क्या होता है पता है न? बेटा याद रखना और भी लोग हैं, जिनकी बाइक की पिछली सीट ख़ाली है।'

'ठीक है मेरी माँ...शार्प नाइन थर्टी।'

अर्पिता के रह–रहकर हिलोरे मारने वाले प्यार से नीरव हैरान था। अब तक वह जितनी बार प्रेम में पड़ा, सीधे 'मुद्दे' की बात हुई। बात नहीं बनने पर उसने शिकारी की तरह जाल बिछाया। ख़ूब पापड़ बेले, लड़कियों से मिलने के मौक़े तलाशे, जुगाड़ भिड़ाकर अवसर बनाये तब कहीं जाकर शिकार हाथ आता...पर अब जब वह शिकार छोड़ चुका था, शाकाहारी हो गया था, तो एक ख़ूबसूरत हिरणी उसकी तरफ़ कुलाँचे भरती हुई दौड़ी चली आ रही थी। अगर पाण्डेय जी की भविष्यवाणी का सहारा न होता तो अर्पिता के प्रति बढ़ता आकर्षण नीरव की समझ से परे रह जाता। अर्पिता की लगातार बढ़ती प्रगाढ़ता उसे पाण्डेय जी की भविष्यवाणी याद दिला गयी...'इस दौरान एक लड़की आयेगी

और तुम्हारा भाग्योदय होगा...' पाण्डेय जी का ख़याल आते ही नीरव की उँगलियाँ मोबाइल की कॉन्टेक्ट लिस्ट में पाण्डेय जी का नम्बर खोजने लगीं। कॉल लगने तक नीरव तय नहीं कर पाया कि पाण्डेय जी से क्या बात करेगा, लेकिन पाण्डेय जी पक्के त्रिकालदर्शी निकले। उन्हें सबकुछ पता था।

'हाँ बेटा नीरव, रात के ग्यारह बजे फ़ोन! क्या बात है...लाइफ़ में कोई लड़की आ धमकी क्या?'

पाण्डेय जी की चिरौरी से वह फिर चौंक गया। थोड़ा सहज होने की कोशिश करते हुए बोला, 'आप सुबह कितने बजे मिल सकते हैं?'

'पूजा करके नौ बजे तक मैं नाश्ता कर लेता हूँ। फिर कभी भी...'

पाण्डेय जी की बात पूरी होने से पहले ही नीरव ने उन्हें टोककर पूछा, 'तो क्या मैं ठीक नौ बजे आकर मिल सकता हूँ, अपने ऑफ़िस जाने से पहले?'

'ठीक है, आ जाओ।'

कॉल कट करते ही उसकी उँगलियाँ वापस मैसेजिंग एप में टाइप करने लगीं–

'नॉट एट ओबेरॉय मॉल। आई विल पिक यू फ्रॉम योर प्लेस एट नाइन थर्टी।'

कुछ देर बाद अर्पिता की तरफ़ से एक स्माइली आ गया। अर्पिता फिर कुछ टाइप कर रही थी।

'पहले ओबेरॉय मॉल पर मिलने में भाव खा रहे थे, अचानक क्या हुआ, जो घर से पिक करने को तैयार हो?'

बदले में क्या लिखा जाये, सोचकर नीरव की हिम्मत जवाब दे गयी। अर्पिता ने दुबारा उसे छेड़ा, 'क्यों, सुबह तक सब्र नहीं हो रहा क्या?'

नीरव फिर साँसत में...। उसे सूझ ही नहीं रहा था कि अर्पिता की छेड़खानी का क्या जवाब दे...उधर अर्पिता जो दिल में आता गया, बेधड़क लिखती जा रही थी। अबकी बार उसने कुछ लिखने की बजाय सिर्फ़ सिम्बल्स भेज दिये।

'हा हा हा (इमोजी)'

अर्पिता का हर एक टेक्स्ट मैसेज़ सीधे नीरव के पुरुषवादी अहंकार पर चोट कर रहा था। जो ठिठोली उसे करनी चाहिए, वह अर्पिता कर रही थी और नीरव सिर्फ़ अपना मोबाइल हाथ में लिए दाँत पीस रहा था। उन्मुक्त अर्पिता उसके भीतर सोयी बैठी आकांक्षाएँ जगा रही थी। उसने अपना प्रणय आमन्त्रण दोहरा दिया।

'ऐसा है तो अभी आ जाओ। मेरे फ़्लैट पर ही सो जाना। सुबह साथ ऑफ़िस चलेंगे।'

'हा हा हा (इमोजी)'

नीरव का सब्र जवाब देने लगा। वह अचानक अर्पिता पर फूट पड़ा, 'शटअप। प्लीज़ स्टॉप दिस नॉनसेंस।'

नीरव ग़ुस्से से जल–भुन रहा था। वह चाहता तो यहीं फुल स्टॉप लगा देता, लेकिन उसे पाण्डेय जी की भविष्यवाणी ने रोक रखा था...

'किसी लड़की के लाइफ़ में आने से भाग्योदय...'

बस इसी आस में नीरव ने मन पर क़ाबू रखा। चुपचाप अपना सारा ग़ुस्सा पी लिया। इस पर बची रह गयी कड़वाहट अर्पिता के आख़िरी मैसेज़ ने दूर कर दी।

'अरे बाबा सॉरी...मैं तो मज़ाक़ कर रही थी...एलओएल।'

अब चैट में अर्पिता के टेक्स्ट किये 'एलओएल' का मतलब 'लॉफिंग आउट लाउडली' तो क़तई नहीं था। उसके कहने का मतलब शायद 'लॉट्स ऑफ़ लव' ही रहा होगा। नीरव तैयार नहीं था तो उसने डिफ़ाइन करना ठीक नहीं समझा। अब से पहले जो पैंतरे वह ख़ुद लड़कियों पर आजमाता रहा, अर्पिता उसके साथ वही खेल दोहरा रही थी। अर्पिता का इरादा भी उसकी समझ में आ रहा था। बस यही समझ से परे था कि ऐसा कैसे हो सकता है! कोई पण्डित ज़िन्दगी में आने वाली लड़की के बारे में इतनी सटीक भविष्यवाणी आख़िर कर कैसे सकता है!

अगले दिन नीरव ने पाण्डेय जी के सामने 500 के नोटों की गड्डी रख दी।

'पाण्डेय जी, अभी 50 हज़ार लाया हूँ। आप मेरी रत्नों वाली अँगूठियाँ बनवा दीजिए।'

'अरे, इसकी अभी क्या ज़रूरत थी! पिछली बार ही कह दिया होता तो अब तक अँगूठियाँ बन भी जातीं। पैसा तो आ ही जाता है। हम यहाँ धन्धा करने थोड़े ही बैठे हैं। अगर हमारी कही हुई बात सही निकलेगी, आपको फ़ायदा होगा तो पैसा लेकर आप ख़ुद ही दौड़े चले आयेंगे, कहेंगे, 'पाण्डेय जी फ़ायदा तो हुआ, पर थोड़ा कम हुआ। अब ज़रा और महँगे रत्न वाली अँगूठी बनवा दीजिए, क़िस्मत पूरी तरह मेहरबान हो जाये तो मज़ा आ जाये।'

'लेकिन जैसा आपने कहा है, वैसा होना चाहिए, तब तो बात है।'

'बिल्कुल होगा। हम यहाँ किसलिए बैठे हैं! लोगों की सेवा करने के लिए ही तो ईश्वर ने हमें यह विद्या दी है। बस हमारी यही कोशिश रहती है कि इसका लाभ ज़्यादा–से–ज़्यादा लोगों को मिले। बताइए, कौन–से रत्न वाली अँगूठी सबसे पहले बनवाऊँ? मेरा सुझाव तो अब भी वही है, व्हाइट सफायर और रियल पर्ल। बजट आप बताओ।'

'पाण्डेय जी, बजट कम है। आपने डेढ़ लाख तक बताया था। उतना जुटाना तो मुश्किल है। मैं एक लाख रुपये तक का ही इन्तज़ाम कर सकता हूँ बस।'

'चिन्ता मत करिए, उतने पैसों में भी हो जायेगा। आई.टी. वाले हो, आपको यह साइंटिफ़िक बात ज़रूर समझ आयेगी, जिस तरह कम्प्यूटर को उसके पार्ट्स बदलकर अपग्रेड करते हैं, उसी तरह आप भी अपने रत्नों को बाद में बदलकर अपग्रेड कर सकते हैं। अभी आपके बजट का व्हाइट सफायर और सच्चा मोती डालकर अँगूठी बनवा देते हैं, बाद में और पैसे मिलाकर और ज़्यादा महँगा स्टोन ले लेना...या फिर ऐसा भी कर सकते हो कि फ़िलहाल मोती चाँदी में, और पुखराज की अँगूठी पीतल में बनवा लो। पैसा होने पर अँगूठियाँ सोने की बनवा लेना। असर में बस उन्नीस–बीस का फ़र्क़ रहेगा...'

'तो फिर ठीक है। अभी अँगूठियाँ चाँदी और पीतल में ही बनवा दीजिए बाक़ी का पैसा मैं दो–तीन दिन में लाकर देता हूँ।'

'उसकी चिन्ता नहीं है। पैसा तो आ जायेगा। यह बताओ कि लाइफ़ में कोई लड़की आयी या नहीं?'

पाण्डेय जी के अचानक दागे सवाल से नीरव थोड़ा झेंप गया। उसका असमंजस देखकर पाण्डेय जी फिर बोले।

'देखो भई, डॉक्टर, वकील और ज्योतिषी से कुछ छिपाना नहीं चाहिए। ऐसा करोगे तो तुम्हारा केस बिगड़ जायेगा। आप अपडेट नहीं देंगे तो भला हम ट्रीटमेंट कैसे करेंगे!'

'जी, एक लड़की है ऑफ़िस में। साथ काम करती है। सॉफ़्टवेयर इंजीनियर है। पिछले दस–बारह दिनों से उसके साथ मेल–मुलाक़ात काफ़ी बढ़ गयी है।'

'क्या नाम है?'

'जी, अर्पिता।'

'हमममम...अर्पिता...मेष राशि...मंगल के प्रभाव वाली लड़की है। भई, डॉमिनेट बहुत करती होगी।'

नीरव अवाक् रह गया। पाण्डेय जी को कैसे पता? इन्हें कहाँ से पता चला होगा? बार–बार कुछ–न–कुछ ऐसा हो रहा था, जिससे नीरव का ज्योतिष में विश्वास और दृढ़ होता जा रहा था। अब पाण्डेय जी जो कह रहे थे, उसे न मानने का सवाल ही नहीं था।

'देखो नीरव बाबू, तुम ठहरे कुम्भ राशि के जातक, जो शनि की प्रधानता वाली राशि है और यह लड़की शनि के घोर शत्रु मंगल की राशि वाली है। बहुत बड़ा मिस–मैच है। अच्छा ये बताओ, किस तरह का फ़ैमिली बैकग्राउण्ड है इस लड़की का?'

'जी, दिल्ली की है। ज़्यादा नहीं पता, पर लगता है, मिडिल क्लास फ़ैमिली से है।'

'भई, तब तो रहने ही दो। मामला आगे मत बढ़ाओ। अभी 21 तारीख़ तक का इन्तज़ार करो। इससे भी अच्छी और सुन्दर लड़की आयेगी तुम्हारी क़िस्मत की चाबी लेकर...'

नीरव ने बाइक के इग्नीशन होल में चाबी इंसर्ट की। सेल्फ़ स्टार्ट बटन पर अँगूठा पुश किया। बाइक स्टार्ट होने पर शुरू हुआ कम्पन उसे भीतर तक झकझोर गया। अचानक याद आया साढ़े नौ बजे उसे अर्पिता को

पिक करना है, जबकि पाण्डेय जी कह रहे हैं, उसे 'ड्रॉप' कर दो...उससे बेहतर मिलेगी।

ख़ैर, कमिट किया है तो पिक करना ही पड़ेगा। अगले पाँच मिनट के भीतर वह अर्पिता के अपार्टमेंट के गेट पर था। रिस्ट वॉच पर नज़र डाली, नौ बजकर पच्चीस मिनट हुए थे। घड़ी देखकर नीरव ने राहत की साँस ली। हेलमेट निकालना चाहा, तब तक उसे अपनी पीठ पर किसी का हाथ महसूस हुआ–

'अरे हेलमेट पहने रहो। तुम्हारी बदनामी हो जायेगी। कोई तुम्हें लड़की के साथ देख लेगा तो!' कहते हुए अर्पिता बाइक की पिछली सीट पर बैठ भी गयी। शायद वह पिछले पाँच–दस मिनट से हाउसिंग सोसायटी में अपनी बिल्डिंग के नीचे खड़ी उसका इन्तज़ार कर रही थी।

'अब चलो भी। लेट मत करवा देना।'

'मैंने पहले ही कहा था कि अब मैं लेट ही निकलता हूँ। इससे और पहले नहीं निकल सकता। तुम रोज़ की तरह अपने सही वक़्त पर निकल जाया करो। मेरे भरोसे रहोगी तो एक–न–एक दिन लेट होना ही है।'

'ठीक है, ठीक है। अकेले लेट नहीं होने वाली। अगर तुम साथ रहोगे तो लेट भी सही।'

अर्पिता की बातों में शरारत तैर रही थी। आगे झुककर वह नीरव का रिएक्शन देखना चाहती थी, लेकिन हेलमेट आड़े आ रहा था। बाइक हवा से बातें कर रही थी और अर्पिता नीरव से। चुटीली बातों के बीच अर्पिता बात--बात पर नीरव की कमर पर चिकोटी काट देती। मानो चिकोटी काटना उसकी हर बात के ख़त्म होने पर लगने वाला फुल–स्टॉप हो।

'वैसे लेट–वेट छोड़ो। मैं तो कहती हूँ, किसी दिन ऑफ़िस बंक करते हैं। साथ में पिक्चर–विक्चर देखते हैं...।' कहते हुए अर्पिता ने नीरव की बगल में एक और चिकोटी काट दी। इस बार नीरव चौंका और उसने अचानक ब्रेक लगा दी। दोनों गिरते–गिरते बचे। हेलमेट उतारते ही नीरव का ग़ुस्से से लाल चेहरा अर्पिता के सामने था। उसने बाइक रोड के किनारे खड़ी की और बस अर्पिता पर बरस पड़ा–

'तुम पागल हो क्या?'

'मैंने तो बस प्यार से...' सहमी हुई अर्पिता को अपनी बात पूरी करने का मौक़ा भी नहीं मिला।

'प्यार गया तेल लेने। मैं इधर उँगली दिखाता हूँ, तुम हाथ पकड़ने लग जाती हो। हर बात की एक हद होती है। देखो, एक बात अच्छे से समझ लो। हम दोनों सिर्फ़ कॉलीग्स हैं। अण्डरस्टैण्डिग अच्छी रही तो ज़्यादा–से–ज़्यादा अच्छे दोस्त हो सकते हैं, लेकिन उससे आगे कुछ भी नहीं।'

अब इसके आगे अर्पिता क्या कहती। उसका चेहरा सूख गया। दुख के सारे मनोभावों में चेहरे पर नज़र आने की होड़ मच गयी। तय करना मुश्किल कि दुख, आश्चर्य और शॉक में से कौन--सा भाव हावी है। जैसे निन्यानवे पर पहुँचते ही साँप ने डस लिया हो और सरकते हुए वह सीधे वापस ज़ीरो पर पहुँच रही है...नीरव तक पहुँचने की सारी सीढ़ियाँ एकसाथ टूटीं और बिखर गयीं। प्यार का खेल साँप–सीढ़ी से मेल खाने लगा। उसे लगा, वह वापस लेवल वन पर आ गयी है। काफ़ी कुछ कहने की कोशिश की, पर मुँह से बस यही फूट पाया–

'सॉरी, मैं बस मज़ाक़ कर रही थी।'

नीरव ने बाइक आगे बढ़ा दी। अर्पिता ने महसूस किया, हवा का कटाव तेज़ हो गया है। नीरव बाइक के एक्सिलरेटर पर ग़ुस्सा उतार रहा था। हेलमेट से छनकर उसकी बड़–बड़ अब भी अर्पिता के कानों में पड़ रही थी।

'मैं क्या बच्चा हूँ... मज़ाक़ क्या होता है, मुझे भी पता है। अगर इसी तरह का मज़ाक़ करना है तो प्लीज़ मुझसे मत किया करो।'

कुछ देर पहले तक बेपरवाही से नीरव से सटकर बैठी अर्पिता अब थोड़ा पीछे खिसक आयी। अब उसके हाथ नीरव की कमर या कन्धे पर नहीं, बल्कि बाइक की पिछली सीट के सपोर्ट को ज़ोर से जकड़े हुए थे। पूरा शरीर अकड़कर पीछे हो गया। वह ग्लानि से भर गयी। भीतर कुछ था, जो भरते–भरते लबालब हो गया। आँखों के रास्ते दर्द बाहर आने को मचल उठा। इन्कार में उसने आँखें कसकर मींच लीं। बड़ी ताक़त थी उन नमकीन पानी की बूँदों में। मींची हुई पलकों से बाहर आने का रास्ता

आख़िरकार उन्हें मिल ही गया। अचानक अर्पिता के व्यक्तित्व की सारी बेपरवाही उसके चेहरे पर आ गयी। भीतर का दर्द बाहर आ रहा था...

यह उस दर्द–भरे चक्रव्यूह की शुरुआत–भर थी, जिसे इस कहानी से जुड़े लगभग सभी किरदारों ने बारी–बारी सहा और आगे भी शनैः–शनैः सहना था...

माइण्ड गेम

आँसू गालों पर नमक छोड़कर सूख चुके थे। पलकें भारी होने के बाद थककर मुँद गयी थीं। शायद पौ फटने तक अँधेरे ने जमकर उत्पात मचाया होगा। शुक्र है, मुम्बई में कोई तो था उसकी सुध लेने वाला, वरना महानगरों में इलाक़ा जितना पॉश होता है, जीवन उतना ही एकाकी। लोनावाला के शूट से पैकअप के बाद उसकी फ़्लैट–मेट नन्दिनी जब सुबह घर पहुँची, मेनडोर खोलते ही थ्रीसीटर सोफ़ासेट पर अर्पिता औंधी पड़ी मिली।

'ये क्या, आठ बज रहे हैं और तू तैयार नहीं हुई? तुझे ऑफ़िस नहीं जाना क्या?' नन्दिनी ने उसके बम पर अपना हैण्डबैग पटकते हुए कहा। अर्पिता से जवाब नहीं मिलने पर वह अपने कमरे की ओर चली गयी।

'देख फिर अपनी और नीरव की पक–पक सुनाने मत आ जाना। मैं बहुत थक गयी हूँ यार। नहाकर सीधे सोने चली जाऊँगी। सुना तूने?'

नन्दिनी जब हाथ में एक टी–शर्ट टॉप और कम्फ़र्ट पाजामा लेकर हॉल में लौटी, तब भी अर्पिता बेसुध पड़ी थी। उसने ग़ौर से देखा, अर्पिता का चेहरा बेरौनक़ हो चुका था, इतनी बदहाल वह कभी नहीं रही। नींद में भी मुस्कान उसके चेहरे पर तैरती दिख जाया करती थी। उसे एक झलक देखकर, कुछ देर बातें करके नन्दिनी तरोताज़ा हो जाती थी। वही अर्पिता आज यूँ बिखरी पड़ी थी, मानो कोई तूफ़ान अपने पीछे तबाही का मंज़र छोड़ गया हो।

'क्या हाल बना रखा है? तू यहीं सो गयी थी क्या रात में?'

नन्दिनी को कैसे पता होता कि वह रातभर सोयी नहीं, बल्कि रोयी है, थककर चूर होने तक। अर्पिता को पता था, नन्दिनी की प्रोडक्शन हाउस की नौकरी में उसका यह पहला सबसे बड़ा शूट है, वरना सबसे पहले वह उसे ही अपना दुखड़ा सुनाती और फूट–फूटकर रो लेती, पर उसने कुछ नहीं बताया। सिर्फ़ ख़ुद से पूछती रही, क्यों देख लिए उसने नीरव को लेकर इतने सपने...अपने ही ख़यालों में वह नीरव की बाइक पर गेटवे ऑफ़ इण्डिया से लेकर अक्सा बीच तक, मुम्बई के सारे लवर्स–प्वॉइंट्स घूम आयी थी। अगले महीने जून की पहली बारिश में उसका नीरव के साथ माथेरान जाने का प्लान था, फिर लोनावाला और खण्डाला भी, पर सिर्फ़ ख़यालों में। कितना–कुछ बाक़ी था और कुछ भी शुरू हुए बिना ही सब सपने की तरह टूट गया...भला यूँ भी होता है कोई ब्रेक–अप! अभी तो ठीक से उसका प्यार परवान भी नहीं चढ़ा था। फिर नीरव को लेकर कोई एक सपना देखा होता तो शायद एक बार रो लेती। मगर न तो उसके अधूरे अरमानों की लिस्ट ने रुकने का नाम लिया और न ही उसके आँसुओं ने थमने का। बस, इसी चक्कर में रोते–रोते सारी रात कट गयी। नन्दिनी की प्यार–भरी थपकियाँ उसे नींद से जगा रही थीं। आँख खोलने पर जैसे ही उसे नन्दिनी का चेहरा नज़र आया, दुख का बाँध एक बार फिर टूट गया। वह फिर रो पड़ी...

'अरे, ये क्या? क्या हुआ मेरी गुड़िया को?'

'अब आगे...कुछ भी...नहीं होगा...सब ख़त्म...हो गया...नन्दिनी...अब वह... कभी बात भी नहीं...करेगा...' बताते हुए अर्पिता की आवाज़ हिचकोले खा रही थी। नन्दिनी को मामला समझने में एक पल की भी देर नहीं लगी।

'न करे बात। वह कोई टॉम क्रूज है क्या? और तुझे भी कितना समझाया था कि ज़्यादा भाव मत दे उसे। ये लड़के लड़कियों के भाव खाने से ही मानते हैं। अब मिल गयी ठण्डक?' अर्पिता को उस हालत में देख नन्दिनी कुछ खीज गयी थी। अर्पिता का सुबकना जारी रहा। जल्द ही नन्दिनी को ग़लती का एहसास भी हुआ। अर्पिता को लेक्चर की नहीं, प्यार की ज़रूरत थी। अर्पिता का चेहरा दोनों हाथों से थामकर उसकी आँखों में झाँकते हुए नन्दिनी आगे बोलती गयी।

'देख अर्पिता, मुझे नहीं पता, तुम दोनों के बीच क्या हुआ, पर असल ज़िन्दगी में फैयरीटेल जैसा कुछ नहीं होता। स्कूल और कॉलेज लाइफ़

वाली फ़ीलिंग से इन्सान जितनी जल्दी निकल आये, उतना अच्छा। बहुत प्रैक्टिकल दुनिया है यह। प्यार–व्यार न सिर्फ़ व्यापार रह गया है और फिर सच्चा प्यार जैसा अगर कुछ होता होगा और ख़ुद चलकर ज़िन्दगी में आयेगा तो भई तब की तब देखी जायेगी। समझी?'

अर्पिता को बस इतना समझ आया कि नन्दिनी से बात करके वह हल्का महसूस कर रही है। रहा–सहा गुबार भी निकल गया। वह सोच रही थी, ऐसा क्यों हुआ होगा...इसीलिए न कि नीरव उसकी ज़िन्दगी का केन्द्र बन गया है। उसकी हर बात नीरव के ख़याल से शुरू होकर नीरव पर ही ख़त्म होने लग गयी है। काश कि दिमाग़ भी एक कम्प्यूटर होता, कोई प्रोग्राम ठीक परफॉर्म न करे तो उसे अबर्ट करना सम्भव होता...या फिर किसी एप्लिकेशन की तरह रिलेशनशिप में कॉम्प्लीकेशन आने पर उसे अन–इंस्टाल किया जा सकता। तब कितनी आसानी से सारा टंटा ही ख़त्म हो जाता।

उधर पाण्डेय जी से अँगूठियाँ मिलते ही नीरव को अपनी ज़िन्दगी हाईटैक लगने लग गयी थी। कॉन्फ्रेंस रूम में प्रोजेक्ट सबमिशन की मीटिंग में नीरव छाया रहा। प्रेजेंटेशन वही दे रहा था। लैपटॉप पर उसकी उँगलियाँ अपना करतब दिखा रही थीं। रघु से नीरव को पहला पॉजिटिव रिस्पॉन्स मिला। प्रेजेंटेशन के दौरान रघु की नज़रें कुछ देर तक नीरव की अँगूठी पर टिकी रहीं। फिर आपस में दोनों की नज़रें टकरायीं। अँगूठी देखकर रघु के चेहरे पर दिखी मुस्कान नीरव का हौसला और बढ़ा गयी। प्रेजेंटेशन के बाद रघु नीरव की तारीफ़ करते नहीं थका।

'एक्सीलेंट, फेंटाबुलस! थैंक्यू गाइज़, तुम सबके बिना इतनी जल्दी प्रोजेक्ट कम्प्लीट करना पॉसिबल नहीं था। अब सब ठीक है। बस कुछ चेंजेज़ हैं। क्या चेंजेज़ करने हैं, वह डिटेल्स मेल पर भेज दूँगा। याद रहे, हमें यह प्रोजेक्ट फ़ाइनल करके हर हाल में फ्राइडे तक सबमिट करना है।'

प्रेजेंटेशन ख़त्म होने पर बाक़ी सब चले गये। लैपटॉप और बाक़ी सामान समेटने के लिए नीरव अब भी कॉन्फ्रेंस रूम में रुका हुआ था। रघु की बात से उसका हाथ ठहर गया।

'नीरव, आई एम इम्प्रेस्ड विद द चेंज इन योर पर्सेनेलिटी। कब पहनी यह रिंग, आज सुबह?'

'हाँ, कल गया था पाण्डेय जी के पास। उन्होंने दोनों रिंग दे दीं। व्हाइट सफायर गुरुवार के दिन पहनना है। आई होप, इन्हें पहनने से कुछ पॉजिटिव चेंजेज़ ज़रूर आयेंगे।' अपनी बात कहते हुए नीरव का एक्साइटमेंट बढ़ता जा रहा था।

'बट लेट मी सजेस्ट यू, नीरव। यह माइण्ड गेम है। अँगूठी कुछ करेगी या नहीं, ये पता नहीं। जो भी करोगे, तुम्हीं करोगे। तुम्हारे अन्दर प्रेजेंटेशन देते वक़्त जो स्पार्क आज नज़र आया, वह पहले कभी नहीं दिखा। पता नहीं, ऐसा मोती की अँगूठी से हुआ या किसी और चीज़ से, लेकिन हुआ ज़रूर है।'

रघु ने नीरव को वापस ज़मीन पर लाने वाली बात कह दी। ज्योतिषियों के चक्कर काटते–काटते रघु को एस्ट्रोलॉजी की काफ़ी बेसिक बातें समझ आ गयी थीं। उसे अन्दाज़ा था, नीरव इस मामले में अभी कच्चा है। एहतियातन जितना समझा सकता था, समझाया, पर नीरव सिर्फ़ चमत्कार की उम्मीद से भरा हुआ था।

'वैसे रघु, क्या लगता है, इस अपरेज़ल में मैनेजमेंट मुझे प्रमोट करेगा?'

'ज़रूर करना चाहिए ऑफ़्टर ऑल, इतना अच्छा कैंडिडेट उन्हें बाहर नहीं मिलेगा। वैसे भी इतने सालों का एक्सपीरिएंस है। तुम्हारा नहीं तो किसका प्रमोशन होना चाहिए?'

नीरव ने कॉन्फ्रेंस रूम में रुककर ज़रा देर रघु से अकेले में बात क्या कर ली, बाहर दूसरी खिचड़ी पकनी शुरू हो गयी। बाहर निकला तो सबने घेर लिया।

'अबे साले, डूबते सूरज को सलाम करने वाला पहली बार देखा। अब क्या पूरा ही घुस जायेगा एक्स बॉस में? थोड़ा हम दोस्तों के लिए भी बचा रह।' तंज़ कसने वाला अभिलाष दाँत दिखाकर ही–ही–ही–कर रहा था। तान्या भी ठहाका लगाकर हँस पड़ी। सिर्फ़ एक अर्पिता थी, जिसने नीरव की धुलाई में हाथ नहीं मारा। बाक़ी सब नीरव पर पिल पड़े। अभिलाष के बाद तान्या ने कमान सँभाल ली।

'वैसे नीरव, अब रघु का पक्का चेला बनता जा रहा है। अँगूठी भी पहन ली। कहीं उसने तुझे माइक्रोसॉफ्ट में जॉब ऑफ़र तो नहीं कर दी?' नीरव

के जवाब की उसे दरकार होती तो कुछ पल रुकती, लेकिन उसका इरादा कुछ और ही था, इसीलिए अभिलाष को आँख मारकर फिर शुरू हो गयी।

'यार देख, हम लोगों को भूल मत जाना। अगर वर्कआउट हो जाये तो हम लोगों के लिए भी ट्राई करना भाई...'

'क्या तान्या, बच्चों जैसी बातें मत करो। वहाँ इस तरह प्लेसमेंट नहीं होता और न ही रघु उस कम्पनी का सी.ई.ओ. बनकर जा रहा है, जो अपने साथ पूरी बारात लेकर जायेगा। प्लीज़ यार, जस्ट स्टॉप किडिंग।'

चिढ़न से भरा नीरव का जवाब इस बात का इशारा था कि वह किसी तरह बात ख़त्म करना चाहता है। उसे एहसास भी नहीं हुआ कि तान्या और अभिलाष के तंज़ के मायने ज़रा गहरे थे। ज्योतिष की शरण में जाने का नीरव का अपना अनुभव था और तान्या अभिलाष के पास उनके अलग तजुर्बे। ज्योतिष में सबका अलग तरह का विश्वास अब अपना काम कर रहा था। कुछ जुड़ रहा था तो कई बनी–बनायी चीज़ें टूट रही थीं, बिखर रही थीं। नीरव की टीम टूटने लगी। मोती की अँगूठी ने नीरव के माथे पर रघु का एजेंट होने का लेबल लगा दिया। काम में टीम से मिलने वाला साथ छूटने लगा। अर्पिता का साथ उसने ख़ुद ही छोड़ दिया था। प्रोजेक्ट पर काम किये बिना दो दिन और निकल गये। हफ़्ते के अन्त तक प्रोजेक्ट के मामूली करेक्शन का काम पूरा होना मुश्किल लगने लगा। रघु को ख़ुद आकर सबसे दुबारा रिक्वेस्ट करनी पड़ी–

'फ्राइडे से पहले प्रोजेक्ट पूरा करना ही करना है। सबको रोज़ दो–तीन घण्टे एक्स्ट्रा टाइम निकालना पड़ेगा। एक साथ रुकने की ज़रूरत नहीं। कल आपस में डिसाइड करके तुम में से कोई नौ–दस बजे तक रुक जाना। आज नीरव और अर्पिता एक्स्ट्रा काम कर लेंगे।'

नीरव और अर्पिता दोनों एक–दूसरे के साथ अपना नाम सुनकर पल भर के लिए चौंके। फिर दोनों ने सहमति में सिर हिला दिया। उस एक 'हाँ' ने काफ़ी–कुछ हिला दिया था। साढ़े छह बजे से लोगों का दफ़्तर छोड़ने का सिलसिला शुरू हुआ और आधे घण्टे के भीतर नीरव और अर्पिता दफ़्तर में अकेले रह गये। अर्पिता अपने पूरे अस्तित्व के साथ नीरव के सामने थी। उसका वहाँ होना, अन्तरिक्ष में कहीं दूर सूरज के चक्कर

काटते ग्रहों के मुक़ाबले ज़्यादा प्रभावशाली था। अर्पिता के पास होने के एहसास–भर से नीरव बेचैन होने लगा, जबकि अर्पिता बिल्कुल निर्विकार, नीले आकाश में चाँदनी फैला रहे चन्द्रमा की तरह चमक बिखेरती रही। अपनी ओर खींचने वाली वह चाँदनी उसे डराती रही। दफ़्तर में फैला सन्नाटा गहराता गया। आजकल कॉरपोरेट दफ़्तरों में कमबख़्त सीलिंग फैन भी नहीं होते, वरना शायद पंखे की आवाज़ से ही वह सन्नाटा टूट जाता। ख़ैर, वह सन्नाटा भी टूटा।

'अर्पिता, उस दिन के लिए सॉरी। पता नहीं यार, मुझे क्या हो गया था।'

अर्पिता की आँखें नीरव की पुतलियों पर जम गयीं। उसके ऐसे एकटक देखने के गहरे मायने थे। मानो उसके पास आँखों के ज़रिये दिल में छिपी बातें पढ़ने का हुनर हो। कुछ देर तक यूँ ही देखने के बाद बोली,

'इट्स ओके।'

नीरव ने सुकून की साँस ली, जैसे कोई बड़ा बोझ सिर से उतर गया हो। अर्पिता के साथ तालमेल ठीक होना उसे मोती की अँगूठी का चमत्कार लगा, जबकि अर्पिता बिना किसी अँगूठी की मदद लिए सफलता के साथ अपने असफल प्रेमी से बात कर रही थी। रात के नौ बजे दोनों अपने हिस्से का काम ख़त्म करके फ्री हुए ऑफ़िस से साथ बाहर निकले। नीरव पार्किंग की तरफ़ मुड़ने को हुआ, पर अर्पिता उसके लिए नहीं रुकी। वह रोड की तरफ़ सीधी चली जा रही थी।

'अर्पिता, रुको। मैं तुम्हें घर छोड़ दूँगा।'

वह फिर भी नहीं रुकी। चलते–चलते ही मुड़कर नीरव की तरफ़ देखते हुए बोली, 'नो थैंक्स, मैं ऑटो ले लूँगी।'

अर्पिता की बात से नीरव ठिठक गया। इनकार से दिल धक्क होकर रह गया था। उसके पार्किंग से बाहर आने तक अर्पिता जे.वी.एल.आर. की फुटपाथ पर पहुँच गयी थी। बुलेट की आवाज़ से ध्यान पीछे गया। उसने मुड़कर नीरव की तरफ़ देखा। कोहनी में हेलमेट फँसाये नीरव उसकी तरफ़ आता दिखा। उसकी उम्मीद से भरी नज़रें अर्पिता पर टिकी थीं कि शायद वह साथ चलेगी। इस बीच अर्पिता का हाथ देखकर एक ऑटो रुका। अर्पिता ने वापस नीरव की तरफ़ मुड़कर देखा और ऑटो में बैठते

हुए बाय–बाय का इशारा करते हुए हैण्ड वेव कर दिया।

अर्पिता से मिली उपेक्षा जैसे कोई खेल कर गयी। इस बेरुख़ी से उसे अपनी बेरुख़ी याद हो आयी। अर्पिता की उपेक्षा उसने कुछ ज़्यादा ही बेरहमी से की थी। भाग्य का लिखा मिटाने–बनाने में वह यह सब क्या कर रहा था...उसने ख़ुद अपने दिल से पूछा। जिस भाग्योदय के लिए उसने अर्पिता का हाथ झटका, आख़िर वह भी तो उसी भविष्यवाणी में फ़िट बैठ गयी थी। उसके साथ नज़दीकियाँ बढ़ने और पाण्डेय जी के बताये भाग्योदय का समय आश्चर्यजनक ढंग से एक समान था। बाद में पाण्डेय जी ने ही अर्पिता को भाग्योदय के लिए अयोग्य घोषित कर दिया। अब बाक़ी बचे चन्द दिनों में अगर कोई और लड़की ज़िन्दगी में नहीं आयी तो? क्यों और कैसी बेचैनी थी वह...जैसे किसी ने नयी कम्पनी से ऑफ़र लेटर मिले बिना अपनी प्रेजेंट जॉब से रिज़ाइन कर दिया हो...

धीरे–धीरे रे मना...

नीरव की कुण्डली फैलकर शतरंज की बिसात हो गयी थी। कुण्डली के बारह खाने फैलकर चौंसठ हो गये थे। उसकी ज़िन्दगी शतरंज की उलझी हुई बाज़ी बनती जा रही थी। हर एक अगली चाल पाण्डेय जी चल रहे थे। पाण्डेय जी ने पहले ही कह दिया था, 'कुछ भी दिक़्क़त हो, संकोच मत करना, फ़ोन नहीं उठा पाया तो मैसेज़ का जवाब दूँगा।' वह क्या पूछे, क्या न पूछे। हर खाने में ख़तरा था, जैसे बारूदी सुरंग बिछी हो। जहाँ अटकता, वहाँ पाण्डेय जी से पूछता। वक़्त को तभी मानो पंख लग गये थे। चमत्कार जैसा कुछ घट नहीं रहा था सो नीरव जब–तब बेसब्र होकर पाण्डेय जी से पूछ बैठता।

'पाण्डेय जी, अब सिर्फ़ नौ–दस दिन बचे हैं, आज 12 मई हो गयी। दोनों अँगूठियाँ पहन लीं, पर भाग्योदय जैसा कुछ भी नहीं हुआ। आख़िर कब पूरी होगी आपकी भविष्यवाणी? जो लड़की ख़ुद चलकर ज़िन्दगी में आयी थी, उसे भी आपके कहने पर चलता कर दिया।'

'थोड़ा धीरज रखिए सब होगा और ज़रूर होगा। धीरे–धीरे रे मना, धीरे सब–कुछ होए, माली सींचे सौ घड़ा, ऋतु आवे फल होय...' फ़ोन पर पाण्डेय जी इसी तरह का कोई दोहा या चौपाई सुना देते और नीरव खीजकर रह जाता। कुछ और पूछता तो पाण्डेय जी बात घुमा देते। कभी मन्दिर का रास्ता बताते तो कभी कोई मुश्किल टोटका थमा देते। कोई बाधा, नज़र या कुलदेवी का कोप टालने के जैसे बहानों की बहुत लम्बी लिस्ट थी उनके पास। कुल मिलाकर दिल में जो एक बात घर कर गयी, वह थी शनि की वक्र दृष्टि। कुण्डली में शनि की वक्र दृष्टि सूर्य पर थी।

पण्डित जी के मुताबिक़ पिता कारक ग्रह सूर्य पीड़ित था। नीरव के हाथ में अँगूठियाँ देखने के बाद से केतन की पीड़ा ने बेचैनी का रूप ले लिया। उस सोमवार मोती की अँगूठी देख नाश्ता छूटा। गुरुवार के दिन एक और अँगूठी दिख गयी, तब भी घबराहट में प्लेट सरकाकर वे अपने कमरे में चले गये। केतन प्लेट में कभी खाना नहीं छोड़ते थे। हालाँकि नीरव को ज़्यादा हैरानी इस बात पर हुई कि केतन को लेकर पाण्डेय जी की कही वह बवाल वाली बात कैसे ग़लत हो गयी! पाण्डेय जी ने उसके हाथ में अँगूठियाँ थमाते वक़्त दावे से कहा था।

'हाथ में अँगूठियाँ देखकर तुम्हारे पिता बड़ा बवाल मचायेंगे। तुम्हारी कुण्डली में पिता और कॅरियर भाव का स्वामी मंगल, शनि के साथ बैठा है। उस पर दशम भाव में राहू की स्थिति भी है। पिता अँगूठियाँ उतारने की बात कहेंगे, लेकिन ऐसा किसी क़ीमत पर मत करना।' आत्मविश्वास से भरे पाण्डेय जी दावे किये जा रहे थे। उस पर नीरव ने जब गूगल करके शनि के क्रूर व्यवहार की कहानी जाननी चाही तो उसे शनि के जन्म की कहानी मिल गयी। सूर्य और शनि के बीच पिता–पुत्र का रिश्ता पौराणिक मान्यता है। शनि छाया पुत्र हैं। सूर्य की पत्नी स्वर्णा ने शिव जी की कठोर तपस्या की। बदले में शिव की अद्‌भुत उपासना ने गर्भ में ही शनि को अपार शक्ति का स्वामी बना दिया। साथ ही तेज़ गर्मी और धूप से गर्भ में शनि का रंग काला हो गया। असल समस्या तब शुरू हुई, जब सूर्य काले और कुरूप शनि को अपनी सन्तान मानने के लिए तैयार नहीं हुए और उन्होंने पत्नी छाया के चरित्र पर ही सन्देह व्यक्त कर दिया। माता का यह अपमान शनि को भीतर तक पिता के लिए शत्रुता से भर गया। सिर्फ़ चरित्र पर सन्देह वाली बात छोड़ दें तो नीरव को सूर्य और शनि के बैर की कहानी काफ़ी कुछ अपनी–सी लगी। उसके पिता केतन ने भले कविता के चरित्र पर कभी सन्देह न किया हो, पर उसका मन हमेशा पिता के चरित्र पर सन्देह और आशंका से भरा था। नीरव की नज़र में केतन सूर्य हो गये थे और वह शनि बन गया, जिसे अपनी माँ की उपेक्षा क़तई बर्दाश्त नहीं हो ऐसा, कुपित और ग़ुस्से से भरा हुआ, लेकिन इधर नीरव का अन्दाज़ा धरा का धरा रह गया। केतन ने न ही अँगूठियाँ पहनने का विरोध किया और न ही उस बारे में कुछ पूछा। अलबत्ता उन्होंने हिम्मत जुटाकर नीरव से वह पूछ लिया, जिसकी उसे क़तई उम्मीद नहीं थी।

'बहुत दिन हुए अर्पिता दुबारा नहीं आयी?'

'वह आये, न आये, आपको उससे क्या मतलब?' नीरव ने बेरुख़ी से कहा।

'उसके आने पर अच्छा लगा था, बहुत पॉजिटिव वाइब्रेशंस हैं उसकी।' केतन की बात में एक ठहराव था, जैसे यह उनके जीवन-भर के तजुर्बे का निचोड़ हो। बदले में नीरव ने वह कहा, जो उनका दिल निचोड़ने के लिए काफ़ी था।

'ओह, पॉजिटिव वाइब्रेशंस के मामले में आपकी समझ की दाद देनी पड़ेगी। घर में पॉजिटिविटी लाने के लिए सुपर्णा काफ़ी नहीं है क्या? वैसे आपको दुबारा न पूछना पड़े, इसलिए बता देता हूँ, अर्पिता अब कभी नहीं आयेगी।' नीरव के जवाब का मतलब साफ़ था, लँगोट के कच्चे बाप को इशारा मिल जाये कि वह चुप भले रह जाता हो, पर पता उसे सब है। हालाँकि वह ख़ुद नियति का आख़िरी इशारा नहीं समझ पाया। क़िस्मत की बाज़ी पलटने से पहले एक ऐसा इशारा ज़रूर मिलता है। ऐसा ही कोई इशारा 32-33 साल पहले उसके पिता को भी मिला था...

...आशिक़ी का वो ज़माना याद है

केतन के कम्प्यूटर पर ग़ुलाम अली लम्बा आलाप ले रहे थे। इधर उनकी ख़ास मुर्कियों वाली सबसे मशहूर ग़ज़ल शुरू हुई, उधर ज़ेहन में चुपके–चुपके पुरानी यादें चली आयीं। अर्पिता का आना कविता की यादों को छेड़ गया। बेटा शायद मुहब्बत की उन्हीं राहों से होकर गुज़र रहा था, जिन रास्तों पर कभी कविता के साथ उनके क़दम पड़े थे।

जूहू बीच पर बहती तेज़ हवा के बीचोबीच मुम्बई में अपने घर का एक सपना आकार ले रहा था। घर बनाने के लिए वहाँ कई टन रेत फैली पड़ी थी, पर उसके सपनों का घर पिछले आधे घण्टे से बन ही नहीं पा रहा था। रेत में सने हाथों से वह माथे पर झूलती लटें बार–बार पीछे ले जाती और हवा का अगला झोंका उसके काले घने लम्बे बालों को वापस चेहरे पर उड़ा लाता। जूहू बीच आते ही चौबीस साल की कविता बिल्कुल चार साल की बच्ची हो जाती। दुनिया में सबसे ख़ुश और ख़ुशक़िस्मत। कविता और केतन काफ़ी वक़्त से जूहू बीच पर जमे हुए थे। कविता अपना सपनों का घर बनाने में व्यस्त और केतन, कविता की बच्चों जैसी नादानियाँ देखने में मस्त।

बात उन दिनों की है, जब जूहू बीच मुम्बई के बीचोबीच नहीं था। तब की बम्बई की घनी आबादी जूहू और अँधेरी से काफ़ी पहले ख़त्म हो जाती थी। कुछ पुराने इलाक़े ज़रूर थे, पर उन रिहाइशी इलाक़ों के बीच एक गाँव से दूसरे गाँव जितनी दूरियाँ नज़र आती थीं। अँधेरी जंगल के अँधेरे से निकलकर अपना अस्तित्व तलाश रही थी। वर्सोवा, जूहू, अंबोली

और अँधेरी इन सब नामों के बीच काफ़ी फ़ासला हुआ करता था, जो अब नये–नये अपार्टमेंट्स और मॉल्स से भर गया है।

ड्यूटी ख़त्म होते ही केतन का हल्के हरे रंग का स्कूटर उनसे कसरत करवाता। आड़ा–तिरछा करने के बाद मुश्किल से स्टार्ट होता। बस स्कूटर स्टार्ट होते ही शुरू हो जाता कविता और केतन का क्वालिटी टाइम। बैंक की नौकरी के बाद शाम को दोनों अक्सर जूहू बीच पहुँच जाते। कविता ने जितना भी मुम्बई घूमा, केतन के उस स्कूटर पर ही घूमा। उनका वह स्कूटर 1979 मॉडल का था, पर था सेकेण्ड हैण्ड ही। सो पुराना स्कूटर केतन को आये दिन रुलाता। बैंक में साथ काम करने वाले उन्हें किक पर किक मारते हुए देखते तो टोकने से बाज नहीं आते।

'क्यों केतन जी, कब ले रहे हो नया स्कूटर? कब तक इस बेचारे को लातें मारते रहोगे?'

'क्या ज़रूरत है भई नये स्कूटर की। इसी बहाने थोड़ी कसरत हो जाती है।'

केतन शुरू से ही ऐसे थे। इच्छाओं और आकांक्षाओं की दौड़ में वे हमेशा सबसे पीछे रहे। न दिखावे का शौक़, न ही ऊपर से ओढ़ा हुआ कोई ढोंग का लबादा। ख़ैर, वह दौर ही ऐसा था, जब अपनी चादर में पैर सिकोड़कर रहना बड़ी क़ाबिलियत माना जाता था। तब के करोड़पति भी सुविधा–सम्पन्न रंग–ढंग से जीने में कतराते थे। फिर केतन तो ठहरे एक मामूली बैंककर्मी। वे बेचारे कहाँ से वक़्त से आगे बढ़ जाते। उस पर वक़्त के हिसाब से उन्होंने भी कुछ फण्डे ईजाद कर लिए थे। घर ख़रीदने की नसीहत पर उनका एक ऐसा ही फण्डा सामने आ जाता।

"जो ज़िन्दगी–भर की कमाई जुटाकर घर ख़रीदे, वह निरा बेवकूफ़... और दो पाँच सौ रुपये का किराया टिकाकर जिसे उस घर में रहने को मिल जाये, वह दुनिया में सबसे समझदार..."

केतन का यह तर्क उस ज़माने में ज़्यादातर लोगों को काफ़ी इंप्रेस कर जाता। तब प्रोपर्टी के दामों में होड़ नहीं लगा करती थी। दो लाख की चीज़ चार लाख की होने में एक उम्र का इन्तज़ार करना पड़ता था। तब के मध्यम वर्ग में लोन लेकर स्कूटर, कार या मकान दुकान लेने का

चलन ही नहीं था। अचल सम्पत्ति बनाना उन्हीं के बस की बात हुआ करती थी, जिनकी ख़ानदानी हैसियत हो और केतन को अपनी हैसियत अच्छी तरह पता थी।

"बिल्कुल ऐसा ही डबल स्टोरी घर होगा मेरा बॉम्बे में...।"

कविता ने अपने रेत के घर की तरफ़ इशारा करते हुए कहा। आधे घण्टे की मशक़्क़त से कविता का घर तैयार हो गया था। कविता की अपने सपनों का घर साकार करने की ख़ुशी छिपाये नहीं छिप रही थी। केतन कविता की मासूमियत पर सिर्फ़ मुस्कुरा पाये।

'सच में केतन, मेरा सपना है बम्बई में अपना ख़ुद का घर। ठीक वैसा ही खुला, हवादार। जहाँ झूला हो, फूलों की क्यारी हो, बिल्कुल इलाहाबाद के घर जैसा। क्या लगता है, हो पायेगा कभी?'

'हो भी सकता है और नहीं भी। किसी करोड़पति से शादी करोगी तो हो जायेगा और अगर किसी फक्कड़ से की तो सपना ही समझो।' केतन झूठा सपना नहीं दिखाना चाहते थे। उन्होंने ईमानदारी से सच कह दिया। केतन की बात सुनकर कविता का बचपना बन्द मुट्ठी में भरी रेत की तरह फिसलने लगा। उसने दुबारा हथेली में रेत समेटी। पूरी ताक़त से मुट्ठी भींच ली। रेत अब भी नहीं ठहरी। उसका एक हाथ माथे के सामने लहराती लटों को कान के पीछे समेटने गया और दूसरे हाथ ने रेत का घरौंदा बिखेर दिया। कविता हाथ झाड़कर उठी। उसके क़दम चौपाटी की तरफ़ बढ़े। केतन आश्वस्त अपनी जगह बैठे रहे। सोचा, समन्दर की लहरों की तरह कविता भी कुछ दूर जाकर वापस आ जायेगी, लेकिन कविता समन्दर की लहर नहीं थी। कुछ देर बाद केतन ने पीछे मुड़कर देखा, कविता सड़क के किनारे उनके स्कूटर के पास जाकर बैठी दिखी। कविता की नज़रें डूबते सूरज की तरफ़ थीं। कविता की आँखों में तैरती उम्मीदें अस्त होते सूरज के सुर्ख़ लाल रंग से मेल खा रही थीं, बिल्कुल गर्म लोहे की तरह। पानी के छींटे पड़ने पर छनछनाने को तैयार। आँसू उमड़कर पलकों की सतह पर आते ही सूखने लग जाते। केतन कविता के पास पहुँचे। तब तक कविता अपने में ही कहीं खो चुकी थी। सुध–बुध बाक़ी नहीं रही। कविता की बग़ल में आकर बैठे केतन ने देखा, उसकी डबडबाई आँखों में एक साथ कई सूरज डूब रहे हैं। सारे सूरज डूबती हुई उम्मीदों के थे। कविता के भीतर

कुछ डूब रहा था। यह एहसास उन्हें एक अजीब–सी सिहरन से भर गया। उन्होंने प्यार से कविता का हाथ थामा, केतन के छूने से कविता की तन्द्रा टूटी। केतन का हाथ झटक उसने ख़ुद को सँभाला। बिना कुछ कहे उठी और जाने लगी। कुछ क़दम चलने के बाद उसके क़दम पल भर के लिए रुके। हैण्डबैग खोलते हुए कविता वापस मुड़ी। एक फोल्ड किया हुआ पेपर केतन के हाथ में थमाया और फ़ाइनली जाकर बस स्टॉप की लाइन में खड़ी हो गयी। कविता की नाराज़गी केतन का सुकून निगल गयी। हमेशा मुस्कुराता उनका चेहरा दुख और लाचारी से काला पड़ गया। वे कभी कविता को देखते तो कभी कविता के दिये हुए काग़ज़ के टुकड़े को, जो महज़ काग़ज़ का एक टुकड़ा नहीं, बल्कि केतन को मिला पहला लव लैटर था, जिसमें आई लव यू के अलावा सब–कुछ लिखा था। उस वक़्त वे कविता का लिखा वह ख़त नहीं पढ़ पाये शायद इसलिए कि नियति ने तय कर रखा था कि वह पत्र उन्हें कई–कई बार पढ़ना है...

9 सितम्बर, 1983

केतन,

अच्छे से जानती हूँ, तुम्हारे सामने होने पर कुछ बोल नहीं पाऊँगी। ऐसा नहीं है कि कहने में कोई बड़ी समस्या है। दरअसल, कहने पर तुम शायद समझोगे ही नहीं। डेढ़ साल पहले वर्सोवा ब्रांच में अपनी पोस्टिंग से लेकर अब तक मेरे लिए अपनी फ़ीलिंग्स तुम तक पहुँचाना सबसे मुश्किल काम रहा है। तुम आसानी से मेरी हर चाहत समझ जाते हो, सिवाय एक बात के। वह बात मैंने कई दफ़ा ज़ाहिर की है, पर अब फ़ैसला हो जाना चाहिए।

जानते हो, हमारे यहाँ इलाहाबाद में लड़की 12वीं पास हुई नहीं कि शादी लायक हो जाती है। मुझे देखो, कॉलेज कर लिया। डेढ़ साल से नौकरी कर रही हूँ। अब इससे ज़्यादा रियायत नहीं मिल सकती मुझे। कुछ लायक रिश्ते भी आये हैं। मैं तुमसे ये सब बातें नहीं कहना चाहती, पर मैं एक छोटे शहर की लड़की हूँ। बॉम्बे जैसी सोच नहीं है मेरी। मेरे लिए किसी के साथ घूमने–फिरने का मतलब सिर्फ़ घूमना–फिरना नहीं है। पता नहीं, ये बात कब समझ आयेगी तुम्हें...

सोचकर देखना।

कविता

उस स्थिति में केतन कुछ सोच पाते, उससे पहले स्टॉप पर बेस्ट की एक बस आकर रुकी। लाइन में खड़े लोग एक–एक कर बस में सवार हुए। कविता के पैडस्टल पर पैर रखते ही कंडक्टर ने रस्सी खींच दी। रस्सी खींचने से हुई आवाज़ उन्होंने भी सुनी। टन–टन–टन–टन!

तभी कॉल–बैल की आवाज़ केतन को पुरानी यादों से वापस वर्तमान में खींच लायी। दरवाज़ा खोला, सामने कूरियर कम्पनी का डिलीवरी ब्वॉय खड़ा मिला। केतन को देखते ही उसने एक लैटर थमा दिया। अब यह भी क्या क़िस्मत का कोई खेल था, क्योंकि केतन के हाथ में वक़्त की चाल और घटनाओं में उलट–फेर करने वाला एक और लैटर था।

सब मन–मुताबिक़ होने लग जाय तो ज़िन्दगी का रोमांच ख़त्म हो जाता, फिर यह तो महज़ एक कहानी है। कोई चौंकाने वाला मोड़ तो आना ही था, लेकिन तभी क्यों, जब सब ठीक चल रहा था। नीरव बेचैनी में सोच रहा था, पूरा हाथी गुज़र गया था, सिर्फ़ पूँछ बाक़ी रह गयी थी। अभी ही क्यों? पर उसके सोचने से भला कुछ भी कहाँ बदल सकता था। उस दिन घर पर एक निर्णायक मोड़ नीरव का इन्तज़ार कर रहा था। घर पहुँचकर वह चैन की साँस भी नहीं ले पाया और केतन ने फर्राटे की आवाज़ के साथ वह बैंक स्टेटमेंट सेंट्रल टेबल पर दे मारा, जिसे कूरियर वाला उन्हें थमा गया था।

'नीरव क्या ये रुपये तुमने निकाले?' केतन ने रेड पेन से सर्कल की हुई पचास–पचास हज़ार की दो नक़द निकासियों की ओर आँख गड़ाकर पूछा। नीरव ने उनकी बात का कोई जवाब नहीं दिया। इस पर केतन और भड़क उठे।

'कहाँ उड़ाने के लिए तुमने इतना पैसा निकाला, बोलो? मेरी मेहनत की कमाई तुम ऐसे बर्बाद नहीं कर सकते।'

नीरव को अन्दाज़ा ही नहीं था कि केतन इतनी ऊँची आवाज़ भी रखते हैं। हॉल की खिड़की खुली थी और केतन पूरा ज़ोर लगाकर अपनी बात कहे जा रहे थे और ज़्यादा सीन क्रिएट न हो, यही डर उसे बोलने पर मजबूर कर गया।

'कूल डाउन पापा। हाँ, मैंने ही निकाला है यह पैसा। अचानक कुछ ज़रूरत आ गयी थी। मैं वापस जमा करवा दूँगा।'

'अच्छा! क्या मैं जान सकता हूँ, आपने ये पैसा क्यों विड्रॉ किया? भला ऐसी क्या ज़रूरत आ पड़ी कि पूछा तक नहीं, बाइक के लिए पैसे देने से मना किया था क्या? बताओ?'

'असल में ये जेम स्टोन वाली अँगूठियाँ बनवायी हैं। उसी में ख़र्च हो गये।'

'लाख रुपये इन दो अँगूठियों के? हेव यू गॉन मेड ऑर व्हाट? इन पत्थर के टुकड़ों की क़ीमत दस हज़ार भी नहीं होगी। दस गुना प्रोफ़िट पर चलता है एस्ट्रोलॉजी का धन्धा।'

ग़ुस्से में केतन अपनी बात इस कॉन्फिडेंस से कह रहे थे, जैसे वे ज्योतिष के गोरखधन्धे की हर बारीक़ी जानते हों। नीरव ने उनके ग़ुस्से पर बेपरवाही दिखाते हुए टका–सा जवाब दे दिया।

'हाँ, जैसे आपको तो सब पता है।'

'हाँ पता है, वर्सोवा ब्रांच में एक पण्डित जी आते थे। हर हफ़्ते आकर नयी एफ.डी.। एक दिन उनसे पूछा, 'पण्डित जी, पैसा जमा होने पर एक साथ एफ.डी. क्यों नहीं करवा देते आप?', तो कहते क्या हैं, 'जैसे–जैसे पैसा आता है, वैसे–वैसे छह महीने की एफ.डी. कर देता हूँ। बड़ा अमाउंट जमा करने के इन्तज़ार में कहीं ख़र्च न हो जाये।' बाद में लोगों से पता चला पण्डित जी अँगूठियाँ देकर छह महीने की गारंटी देते थे। अगर कोई छह महीने में अँगूठियाँ वापस देकर पैसे माँगने चला आया तो कम–से–कम एफ.डी. का ब्याज तो पण्डित जी के लिए बचा रहेगा।'

केतन की बातों से नीरव का कलेजा मुँह को आ गया। केतन का यक़ीन करने का मतलब था, पाण्डेय जी पर शक करना। उनका ज्योतिष का चमत्कार वह देख चुका था। मन में संशय पिता के लिए ज़्यादा था। उधर केतन पूरी रौ में अपने तजुर्बे सुनाये जा रहे थे।

'वह ज्योतिषियों का बीस साल पुराना तरीक़ा था। अब एफ.डी. नहीं, शेयर मार्केट में पैसा लगाते होंगे। तुम्हारे एक लाख से छह महीने में तीन लाख बना लेंगे और वापस माँगने जाओगे तो याद रखना तुम्हारा एक लाख भी पच्चीस पर्सेंट काटकर ही वापस मिलेगा। यक़ीन न हो

तो वापस माँगकर देख लो, लेकिन साथ में मेरी यह बात भी कान खोल कर सुन लो। जब तक तुम ख़ुद अपना पैसा नहीं कमा लेते, बस तब तक मुझे बख़्श दो। अपना कमाकर जहाँ चाहो फूँक देना, मैं नहीं पूछूँगा, लेकिन अगर मेरी हार्ड अर्न्ड मनी ऐसे ढकोसलों पर बर्बाद की तो मुझसे बुरा कोई नहीं होगा।'

केतन का ऐसा ग़ुस्सा नीरव पहली बार देख रहा था। बहुत कोशिश करने पर भी उसे कोई घटना याद नहीं आयी, जब केतन ने उसे पहले कभी ऐसी फटकार लगायी हो। हाँ, याद करने पर उसके ज़ेहन में पाण्डेय जी की कही बात ज़रूर आ गयी।

'अँगूठियाँ देखकर तुम्हारे पिता बड़ा बवाल मचायेंगे, अँगूठियाँ उतारने की बात कहेंगे, पर ऐसा किसी क़ीमत पर मत करना।'

लिहाज़ा उसके लिए केतन की बातें गम्भीरता से लेने की कोई तुक नहीं थी। हमेशा ग़ैर–भरोसेमन्द रहे पिता पर विश्वास करना भाग्योदय की बात पर शक करने जैसा होता। बाप की बक–बक पर कान न देकर अब नीरव सिर्फ़ यही सोच रहा था कि पिता के बवाल मचाने वाली बात जैसे एकदम सही साबित हुई, भाग्य के बन्द दरवाज़े की चाबी लेकर वह लड़की भी जीवन में जल्दी–से–जल्दी आ जाये। स्वप्नलोक से वह भविष्यवाणी वाली लड़की न जाने कब उतरेगी...

गोरिया कहाँ तेरा देश रे...

हाथ में अँगूठियाँ आये एक हफ़्ते से ज़्यादा हो गया था और तक़रीबन उतना ही वक़्त पाण्डेय जी की भविष्यवाणी सच साबित होने में बचा था। पानी–सी नज़र आने वाली हर उम्मीद पास जाने पर सिर्फ़ रेत साबित हो रही थी। नीरव अक्सर सोचता, यह कैसी मृग मरीचिका है...पूरा रेगिस्तान छानने पर भी पानी का कोई पता नहीं...। हर अगले पल चमत्कार का इन्तज़ार कर–करके वह थक चुका था। तभी दफ़्तर में चमत्कार जैसा कुछ घटने लगा। उसके जीवन में न सही, ऑफ़िस में एक नयी लड़की आ गयी थी। ऑफ़िस पहुँचने पर दानिश ने उसे सबसे पहले यही बताया,

'नीरव, तूने एक ग़ज़ब नज़ारा मिस कर दिया। टोनी सुबह से किसी फिरंगी को साथ लिए घूम रहा है।'

'इसमें क्या बड़ी बात हो गयी? फ़ॉरेन डेलिगेट्स देखकर उसका यही हाल होता है। बस उन्हीं के आगे–पीछे डोलता रहता है।' नीरव ने बिना रस लिए जवाब दिया और अपने काम में लग गया।

'इस बार मामला अलग है यार। सुना है, उस फिरंगी लड़की को अपने पवई ऑफ़िस में ज्वॉइनिंग मिली है। टोनी सुबह से उसे सबसे इण्ट्रोड्यूज करवाने में बिज़ी है। मैथ्यू तो मिल भी आया। ए मैथ्यू, तू ही बता न यार।' दानिश ने बॉल मैथ्यू के कोर्ट में पास करते हुए कहा।

'अच्छा, किसकी टीम में ज्वॉइन किया है उसने? बहुत सुन्दर है क्या?' डेस्कटॉप ऑन करते हुए नीरव ने ज़रा–सी उत्सुकता क्या दिखायी, मैथ्यू शुरू हो गया।

'बहुत सुन्दर! अतिसुन्दर, नाम ही काफ़ी है, रागिनी सुन्दरम। इतनी सुन्दर लड़की मैंने आज तक नहीं देखी। रही टीम की बात तो भई ज्वॉइनिंग के वक़्त उसका पता कभी चला है भला? एच.आर. और टोनी डिसाइड करेंगे कि उसे कौन–सा प्रोजेक्ट मिलेगा। आई विश, हमारी टीम में ही आ जाये। बाई गॉड काम करने में मज़ा आ जायेगा।'

'लेकिन नाम इण्डियन है कि नहीं? तो फिर फिरंगी कैसे हुई?' नीरव ने तार्किक होकर पूछा।

'यार, उसकी माँ फिरंगी होगी, क्योंकि टोनी ने बताया कि उसके पिता बैंगलोर के एक नामी आई.टी. प्रोफ़ेशनल हैं। पक्का उन्हीं के नेटवर्क से उसका रिक्रूटमेंट हुआ है।' मैथ्यू कॉरपोरेट दफ़्तरों में अक्सर होने वाली सिफ़ारिशी भर्तियों पर पाण्डित्य झाड़ रहा था। हालाँकि उस दिन नीरव सिर्फ़ काम के मूड में था। उसकी टीम के लिए प्रॉजेक्ट सबमिट करने का आख़िरी दिन था। उस पर शाम में रघु की फ़ेयरवेल पार्टी भी थी। फिर भी मन नहीं माना तो वह मौक़ा देखकर टोनी के केबिन के कुछ चक्कर काट आया। काम ख़त्म करने में नज़र आया जोश यह बताने के लिए काफ़ी था कि रागिनी के रूप में क़िस्मत का ख़ज़ाना देख आया है। उस ख़ज़ाने तक पहुँचने की जल्दी थी तो काम भी वक़्त से पहले पूरा हो गया।

इस बार भी पार्टी आरे कालोनी के उसी रिसॉर्ट में रखी गयी, जहाँ पिछली बार टोनी पीकर आउट हुआ था। आरे कालोनी, यानी महानगर के अन्दर एक अलग–सी दुनिया। वेस्टर्न एक्सप्रेस हाइवे या जोगेश्वरी विक्रोली लिंक रोड से आरे कालोनी की ओर मुड़े नहीं, पलक झपकते मुम्बई महानगर सैकड़ों मील पीछे छूट जाता है, और फिर वह रिसॉर्ट भी जैसे जश्न की कोई भूल–भुलैया हो। नीरव उस भूल–भुलैया की ओर चला तो पिछली बार की तरह अर्पिता लपककर उसके पीछे नहीं बैठी। वह अभिलाष और तान्या के साथ कार में चली गयी थी।

रिसॉर्ट के पार्टी ज़ोन में टोनी रागिनी के साथ सबके बीच डटा हुआ दिखा। रागिनी को देख नीरव ठिठक–सा गया। अब वह रागिनी को तसल्ली से देख पा रहा था। वाक़ई बहुत सुन्दर थी रागिनी सुन्दरम। किसी सपने सरीखी। किसी फ़ेयरी टेल्स की राजकुमारी जैसी ख़ूबसूरत।

'आओ नीरव, कहाँ रह गये थे? रागिनी, तुम रघु की टीम में बाक़ी सबसे मिल चुकी हो। ये हैं नीरव। बहुत सिंसियर और टेलैंटेड। और नीरव ये हैं रागिनी सुन्दरम, न्यू ज्वॉइनिंग है।' टोनी ने पहुँचते ही रागिनी से नीरव का इण्ट्रोडक्शन करवा दिया।

'प्लीज़ टू मीट यू।' नीरव ने रागिनी से हाथ मिलाते हुए कहा।

'बहुत ख़ुशी हुई आपसे मिलकर।' यह रागिनी का जवाब था।

'अरे! आप बहुत अच्छी हिन्दी बोलती हैं। देखने से नहीं लगता कि आपको हिन्दी आती होगी।' सरप्राइज़्ड नीरव बोल पड़ा।

'हाहाहा...मुझे कन्नड़ बोलना भी आता है। निम्मन्नु भेती मादलु सन्तोषा।' रागिनी ने कहा।

'क्या कहा? मैं समझा नहीं।' शायद कन्नड़ सुनकर नीरव अचरज में था। हिन्दी–कन्नड़ सब आती है उसे! कहाँ मैथ्यू और दानिश उसे फिरंगी साबित करने पर तुले थे। नीरव का खुला मुँह देखकर रागिनी ने बात आगे बढ़ायी।

'मतलब, नाइस टू मीट यू।' कन्नड़ में कही बात का मतलब बताकर रागिनी ने दुबारा नीरव की तरफ़ हाथ बढ़ा दिया। सम्भव है, वह नीरव की कुण्डली में पंचम भाव के स्वग्रही मंगल का ही प्रभाव था, जिसने रागिनी को दुबारा नीरव से हाथ मिलाने पर मजबूर किया, लेकिन शायद यहाँ भी शनि की काली छाया थी। हालाँकि रिसॉर्ट के लॉन में जहाँ सब बैठे थे, वहाँ लाइट न के बराबर थी। नीरव ने कनखियों से अर्पिता की ओर निहारा। रागिनी के सामने उसे अर्पिता के साँवले चेहरे का रंग काला ही नज़र आया। वैसे भी सबसे बड़ी मुश्किल यही थी कि जहाँ एक्स–गर्लफ्रेंड जैसा कोई मौजूद हो, वहाँ नयी गोटी फ़िट करना इतना भी आसान कहाँ होता है। फिर भी उसने जश्न का मूड बनाते हुए कहा–

'दिल खोलकर मँगाओ, डोंट बॉदर। रघु की फेयरवेल पार्टी है और फिर आज टोनी सर हैं न, बिल पे करने के लिए। क्यों टोनी सर?'

'ये भी कोई पूछने वाली बात है काके? दिल खोलकर पार्टी करो, नाचेंगे सारी रात...' टोनी ने जोश–भरे अन्दाज़ में जवाब दिया। रागिनी की मौजूदगी उसे ख़ुद को दिलदार साबित करने के लिए मजबूर करती जा रही थी।

'मेरे लिए एक एक्स्ट्रा स्ट्रॉन्ग बीयर।' मैथ्यू ने पहल करते हुए अपनी विश बता दी। दानिश पीता नहीं था, उसे बेसब्री से चखना और ऑर्डर किये हुए बाक़ी स्टार्टर्स आने का इन्तज़ार था। अभिलाष और टोनी ने ऑन द रॉक्स व्हिस्की की फ़रमाइश की। रघु की पसन्द हमेशा से व्हाइट रम या वोडका ही रही। हालाँकि उसे दूसरा पेग लेते शायद ही किसी ने देखा हो। एक ही पेग को कितनी ही बार पानी मिलाकर डायल्यूट करता रहता। उसका एक पेग घण्टों चलता। नीरव को भी व्हाइट रम और वोडका में ही रस आता था। एक तो स्मैल न के बराबर और फिर उसका वही डर कि कहीं केतन के सामने कोई नया इश्यू न बन जाये, इसीलिए ज़्यादा–से–ज़्यादा दो से तीन पेग और मदहोशी का ग्राफ़ हद–से–हद तीन घण्टे का। एक फ़िल्म देखने जितना। उसके बाद इन्सान वापस रियल लाइफ़ में। अब सिर्फ़ रागिनी, तान्या और अर्पिता का ऑर्डर बाक़ी रह गया था। वेटर अर्पिता की बग़ल में लगभग मुड़कर भागने की मुद्रा में खड़ा आख़िरी ऑर्डर का इन्तज़ार कर रहा था। अर्पिता कुछ गुमसुम–सी मेन्यू कार्ड को घूरे जा रही थी। नीरव ने महसूस किया कि उस दिन बाइक पर हुए झगड़े के बाद से अर्पिता जैसे बेजान–सी हो गयी है। उसका बातों का जमा ख़ज़ाना ख़ाली हो गया है। वह अपने स्वभाव के विपरीत बहुत कम बोलने लगी है। अर्पिता का असमंजस देख ऑर्डर करने की ज़िम्मेदारी तान्या ने ली। उसने रागिनी से कुछ पूछा और लड़कियों की तरफ़ से ड्रिंक का ऑर्डर प्लेस कर दिया।

'इधर तीन मोजितो लाना।' वेटर ऑर्डर लेकर चलता बना और तान्या ने बात आगे बढ़ा दी।

'वैल, आज एक बात एकदम कन्फ़र्म हो गयी। नीरव रघु का पक्का फॉलोअर है।'

रघु, टोनी और रागिनी के अलावा तान्या के कमेंट के पीछे की कहानी सबको पता थी। इन्हीं तीनों को छोड़कर बाक़ी सब हँसे भी। रघु ने नीरव की ओर देखा। वह समझ गया, नीरव की खिंचाई हो रही है। रघु नीरव के बचाव में जुट गया।

'तुम सब मिलकर इस बेचारे के पीछे क्यों पड़ गये? पहले तुम्हीं सब इसकी तारीफ़ करते नहीं थकते थे।'

'हम अभी भी तारीफ़ ही कर रहे हैं। अब देखो, एस्ट्रोलॉजी में बिलीव करते हुए ये भी हो लिया रघु सर के पीछे। ख़ुद देखो इसके हाथ में दो–दो अँगूठियाँ।'

अँगूठियाँ ख़ुद रघु के हाथ में भी थीं, इसलिए वह कुछ ज़्यादा ही डिफेंसिव हो गया।

'हाँ, देखी, बट इट्स इण्डिविजुअल्स च्वॉइस। तुम लोगों को किसने मना किया। अगर चाहो तो तुम लोग भी पहन सकते हो।'

'लेकिन, उसके लिए बिलीव होना ज़रूरी है और एस्ट्रोलॉजी पर हमारा कोई भरोसा ही नहीं बचा।'

तान्या जैसे भरी बैठी थी। बाक़ी लोग भी मानो यही ठानकर आये थे कि आज इसी टॉपिक पर टाइम पास करेंगे। रघु, नीरव और अर्पिता को छोड़कर शायद सबका यही प्लान था। तान्या ने आगे भी एस्ट्रोलॉजी को टार्गेट बनाना जारी रखा।

'अभिलाष और मैं गये थे एक एस्ट्रोलॉजर के पास। उसने हम दोनों की कुण्डली देखी। बोला, तुम्हारा कोई मैच नहीं बनता। अगर शादी की तो छह महीने से ज़्यादा नहीं टिकेगी। पता नहीं, अब वह ज्योतिषी कहाँ है। हम दोनों तो वहीं हैं, एक ही छत के नीचे। तीन साल से साथ रह रहे हैं, एक ही फ़्लैट में, एक साथ, बिना किसी अनबन के। अब कहाँ गयी आपकी एस्ट्रोलॉजी? अब तक हमें अलग करने कोई ग्रह सामने क्यों नहीं आया? बताइए, ऐसे में बिलीव तो ख़त्म होगा ही।'

'लेकिन तुम दोनों ने शादी नहीं की। मैरिज़ के बाद शायद सिचुएशन कुछ और होती?'

तान्या की बात पूरी होते ही रघु ने तपाक से अपना तर्क सामने रख दिया। तान्या कुछ बोलना चाहती थी, लेकिन अभिलाष ने उसे रुकने का इशारा करते हुए कहना शुरू किया–

'क्या फ़र्क़ है हमारे और एक मैरिड कपल के बीच? बिल्कुल सिमिलर सिचुएशन में हम भी साथ रहते हैं। वह सब करते हैं, जो एक मैरिड कपल करता है। फिर कुण्डली अगर हमें मैरिड कपल की तरह साथ रहने में रोकती है तो लिविंग–इन में भी वैसा ही हर्डल आना चाहिए, जो नहीं आया।'

'मैं भी वही कह रहा हूँ। शादी का कमिटमेंट और ज़िम्मेदारियाँ अलग होती हैं। तुम दोनों अगर शादी करके साथ रहते तो शायद सिचुएशन बिल्कुल डिफ़रेंट होती।' रघु ने फिर तर्क रखा।

'वैल रघु, 'अगर' और 'शायद' जैसे वर्ड्स में इस डिबेट को उलझाने का कोई सेंस नहीं। फिर तो मैं भी कह सकता हूँ कि अगर तुम ये दो अँगूठियाँ नहीं पहनते, देन मे बी, यू कुड हेव बिकम सी.ई.ओ. ऑफ़ दिस कम्पनी। तुम्हें कभी माइक्रोसॉफ्ट जाने की ज़रूरत ही नहीं पड़ती।' अभिलाष जोश में कुछ ज़्यादा ही कह गया था। उसकी बात ख़त्म होने पर पल भर की शान्ति छा गयी। रघु का सब्र टूटने पर ही वह ख़ामोशी ख़त्म हुई।

'डोंट टॉक रबिश एण्ड इल्लॉजिकल। ऐसे तर्क का कोई अन्त नहीं। तुम लोगों को एस्ट्रोलॉजी में भरोसा नहीं, इट्स ओके। दुनिया में सभी भरोसा नहीं करते। सबकी अपनी च्वॉइस है। बिलीव्स आर टोटली सबजेक्टिव थिंग। इन सबमें मत पड़ो। अपना ड्रिंक पियो और एन्जॉय करो।'

'वन सेकेंड, क्या मैं कुछ बोलूँ।' झगड़े के बीच में रागिनी पता नहीं क्यों बोल पड़ी। सबके चुप होने पर उसे अपनी बात कहने का मौक़ा मिला।

'अगर आप लोग मुझे इज़ाज़त दें तो मैं कुछ कहना चाहती हूँ। मुझे आप लोगों के डिबेट का कोई बैकग्राउण्ड नहीं मालूम, पर हा...। मैं एग्री करती हूँ कि एस्ट्रोलॉजी एक बहुत बड़ा साइंस है। यू नो, मेरे मॉम–डैड ने अमेरिका में इन्फॉर्मेशन टेक्नोलॉजी की एक साथ पढ़ाई की थी। दोनों में प्यार हो गया, लेकिन अमेरिका में बहुत अच्छे कॅरियर ऑप्शंस के बाद भी वे दोनों इण्डिया आ गये। यू नो व्हाय? माय मॉम इज़ क्रेजी अबाउट इंसियंट इण्डियन लिटरेचर, स्पिरिचुअलिज्म एण्ड एस्ट्रोलॉजी। तो मैंने बहुत नज़दीक से देखा है। मेरी मॉम की नज़र से शी हेज इम्मेंस रिस्पेक्ट फ़ॉर एस्ट्रोलॉजी। फॉलो करना है या नहीं, वह अलग बात है, पर हाँ; ये साइंस है।' अपनी बात कहकर रागिनी ने मोजितो का एक लम्बा सिप लिया। इसी बीच रघु बोल पड़ा।

'एक्जेक्टली।'

यह एक धुरन्धर सपोर्टर मिलने की ख़ुशी थी। उसने रागिनी की तरफ़ इशारा करते हुए कहा, 'देख लो, रागिनी का भी एस्ट्रोलॉजी में विश्वास है।'

'नो नो नो...मैंने ऐसा कब कहा?' रागिनी ने मोजितो का ग्लास टेबल पर रखते हुए सफ़ाई दी।

'अभी कुछ देर पहले तुमने कहा न कि तुम्हारी मॉम भी मानती हैं।' रघु ने ज़ोर देते हुए कहा।

'हाँ, पर मेरी मॉम बिलीव करती हैं, मैं नहीं।' रागिनी की बात में कोई उलझन नहीं थी। वह अपनी बात पर अडिग लग रही थी। हालाँकि रघु रागिनी की बात समझ गया, पर नीरव अब भी दुविधा में था। उसे लगा, रघु, रागिनी, अभिलाष और तान्या में वही एस्ट्रोलॉजी का सबसे कच्चा खिलाड़ी है। लोगों की देखा–सीखी बेडमिंटन कोर्ट में आ गया और बायीं ओर से शॉट पड़ने पर उस तरफ़ देख रहा है और दायीं तरफ़ से शॉट की आवाज़ आने पर उस ओर। उसे छोड़कर सबके पास अपना ओपिनियन है।

'मैथमैटिक्स में परमिटेशन कॉम्बिनेशन की तरह एस्ट्रोलॉजी में सारे केल्कुलेशन का आधार भी सम्भावनाओं का परमिटेशन कॉम्बिनेशन है। ख़ैर, छोड़िए ये सब कॉम्पलिकेटेड बातें। टू दी प्वॉइंट बात करते हैं। भविष्य जानना बड़ी टेंशन का काम है यार और यह बात मैं तब कह रही हूँ, जब मेरे पास मेरी मॉम जैसी पर्सनल एस्ट्रोलॉजर है... एण्ड आई नो, शी इज़ ऑलवेज़ ट्रू टू मी।' रागिनी ने बात ख़त्म करते हुए कहा। तभी टोनी बोल उठा।

'क़िस्मत तो क़िस्मत होती है पापे, वह मैनुपुलेट नहीं होती... हिच्च...'

शायद आज फिर व्हिस्की उसके सिर चढ़ रही थी...

मेंढक और राजकुमारी

एक अरसे से नीरव जिस लक्जुरियस कार के इन्तज़ार में था, वह उस दिन आकर सामने ठहरी दिखी।

'मैडम, नहीं बोला न। बाहर बी.एम.सी. की पेड पार्किंग में जाकर लगाओ गाड़ी। इधर पार्किंग के बहुत वांदे हैं।' पार्किंग से गाड़ी हटाने के लिए गार्ड रागिनी को झिड़क रहा था। वह बेचारी मिन्नतें कर रही थी। मुम्बई आये उसे ज़्यादा वक्त नहीं हुआ था, इसलिए ध्यान नहीं रहा कि यहाँ अपनी कार से कहीं आने–जाने का मतलब पहले पार्किंग की टेंशन से होता है!

'काय झाला?' नीरव ने गार्ड को ठाँसते हुए पूछा।

'साहेब, पार्किंग पास नहीं है मैडम का। बोली न्यू ज्वॉइनिंग है। अबी आप बोलो, मैं कैसे लगाने दूँ?'

'हाँ, न्यू ज्वॉइनिंग है। आज इन्हें रघु सर की जगह गाड़ी लगाने दो। आगे से पार्किंग पास के बिना मत लगाने देना।' नीरव ने ज़ोर देते हुए कहा।

'पन साहेब...' गार्ड अभी भी अगर–मगर के मूड में था। वह आगे कुछ बोलता, इससे पहले नीरव ने अकड़ से कहा, 'मैं कह रहा हूँ न।'

इतना कहकर नीरव बाइक पार्किंग की तरफ़ बढ़ गया। कुछ मिनट की झिकझिक ने रागिनी के चेहरे का रंग उड़ा दिया था। उसे लगा, नीरव मदद न करता तो शायद बिना ड्राइवर कार लाना मुसीबत बन जाता। पार्किंग की जगह मिलने पर उसने राहत की साँस ली। तब तक नीरव

भी बाइक अपनी जगह खड़ी कर आया था। उसे देखते ही रागिनी ने वही कहा, जो उसे कहना चाहिए था–'थैंक्स नीरव!'

नीरव ने थैंक्स के बदले 'मोस्ट वेलकम, इट्स माय प्लेज़र' जैसा कुछ नहीं कहा। फॉर्मेलिटी निभाने की बजाय स्कूल और कॉलेज के दिनों में आज़माया हुआ एक फॉर्मूला भिड़ा दिया, 'ऑफ़िस के बाद साथ में एक कप कॉफ़ी पी लेना। बात बराबर हो जायेगी।'

'एक कॉफ़ी के लिए इस तरह एडवांटेज लेने की ज़रूरत नहीं, समझे?' रागिनी ने हँसकर कहा।

'एडवांटेज का पता नहीं, पर ऑफ़िस में सबसे वॉन्टेड लड़की को कॉफ़ी पर ले जाने की चाहत में बुरा क्या है?' नीरव के जवाब में गम्भीर स्वर था।

'ओहो, अच्छा ये ऑफ़र सिर्फ़ कॉफ़ी पर ले जाने का है न? कहीं डेट–वेट करने तक तो नहीं सोच लिया?' रागिनी ने बनावटी गम्भीरता दिखाते हुए पूछा।

'क्या पता, कॉफ़ी के साथ एक मुलाक़ात डेट की शुरुआत बन जाये।'

'मिस्टर नीरव, आई नो, लड़के लड़कियों को लेकर बहुत ऑप्टिमिस्टिक होते हैं, लेकिन मेरा एक्सपीरियंस मुझे पेसिमिस्टिक बना चुका है। हाहाहा!!! जस्ट किडिंग, कॉफ़ी ड्यू रही, तुम जानते तो हो, नयी ज्वॉइनिंग में प्रोजेक्ट असाइन होने की कितनी भागमभाग होती है।'

रागिनी ने कॉफ़ी का प्रस्ताव क्या टाला, नीरव को लगा, उसका भाग्योदय टल गया। प्यार का सफ़र रफ़्तार पकड़ता, उससे पहले यह स्पीड ब्रेकर कहाँ से आ गया। उसे लगा, कुण्डली के रोमांस–भाव में बैठा मंगल रागिनी के साथ कॉफ़ी पीने के लिए उतावला हो रहा है और उधर शनि महाराज काम बिगाड़ने पहले ही चले आये हैं। अड़ंगा आया तो फिर ज्योतिष पर भरोसा गहरा गया। हालाँकि पिछले दिनों रघु के फ़ेयरवेल में छिड़ी एस्ट्रोलॉजी पर डिबेट ने उसे ज्योतिष पर दोबारा सोचने पर मजबूर किया था। फिर पिता से सुने वर्सोवा के पण्डित जी के क़िस्सों ने भी उसका विश्वास डिगा दिया था। रागिनी की ज्वॉइनिंग न हुई होती तो शायद ज्योतिष में उसका नया–नया विश्वास टूटकर बिखर जाता।

पण्डित जी की भविष्यवाणी पूरी होने में अब महज़ दो–तीन दिन रह गये थे। उसे लगा क़िस्मत की फॉर्मूला–वन रेस में वह अचानक पिछड़ने लगा है। वह भी तब, जब फिनिशिंग लाइन बिल्कुल साफ़ नज़र आ रही है। रागिनी को पाने के लिए उसे बस एक छलाँग लगाने की ज़रूरत है। छलाँग से उसे बचपन में पढ़ी एक फेयरीटेल याद हो आयी, जिसमें एक मेंढक राजकुमारी का चुम्बन चाहता है। एक राजघराने की सुन्दर राजकुमारी से चुम्बन की चाह लगभग नामुमकिन बात है। मेंढक आख़िरकार एक चुम्बन पाने में कामयाब हो जाता है। नीरव सोच रहा था, क्या दुर्भाग्य से मेंढक बन चुके राजकुमार की तरह उसे भी अपनी राजकुमारी के चुम्बन की ज़रूरत है। एक ऐसा चुम्बन, जो उसके सारे दुर्भाग्य को ख़त्म कर दे और सोया भाग्य जगा दे...!

अधूरा किस

सुपरस्टार्स सेल्फ़ी के गीत गा रहे थे और लड़कियाँ 'पाउट' की मुद्रा में होंठों को थोड़ा गोल घुमाकर सेल्फ़ी ले रही थीं। सारे के सारे रस–भरे सुन्दर अधर ऐंठकर गोलाकार हो रहे थे। चुम्बन की आतुरता फ़ोन के कैमरे में क़ैद हो रही थी। आदम युग के बाद से अब जाकर इक्कीसवीं सदी में 'किस' एक सामान्य घटना हो चली थी। इतनी सामान्य कि क़ब्ज़, वीर्य में शुक्राणुओं की कमी और दूसरी बीमारियाँ भी एक फ़िल्म की मुख्य विषय–वस्तु हो सकती थी। बस चुम्बन अपना सारा रोमांच खोकर एक नीरस क्रिया में तब्दील हो रहा था, पर मेंढक हो चुके राजकुमार को उसी एक अदद चुम्बन की ज़रूरत थी। नीरव ने उस एक चुम्बन की तड़प महसूस की। बस एक मनचाहा चुम्बन उस मनचाही राजकुमारी के साथ। अब भला हर एक चाहत इतनी जल्दी कहाँ पूरी होती है। उस एक 'किस' के इन्तज़ार में भविष्यवाणी की मियाद का आख़िरी दिन आ गया था। आख़िरकार रागिनी का चुम्बन पाने की नीरव की चाहत उस रोज़ कहीं और से पूरी हो गयी।

'पुच्च्च्च्च्...पुच्च्च्च्च्...'

ऑफ़िस में क़दम रखने की देर थी, नीरव पर एक लम्बी पुच्ची बरस पड़ी। मुम्बई में इसी तरह पुचकारकर बुलाने का चलन है। प्यार उड़ेलने वाला कोई और नहीं, एक अधेड़–सा ऑफ़िस ब्वॉय था और वह प्यार भी नहीं, बल्कि सिर्फ़ एक पुकार थी, मुम्बई के ख़ास खाटी अन्दाज़ में। यहाँ ऑटो वाले से लेकर बस कंडक्टर, सभी का ध्यान खींचने के लिए होंठों को पाउट के आकार में गोल घुमाकर पुचकारते दिखते हैं। जब

तक यहाँ–वहाँ से पुच्च–पुच्च की लम्बी तान सुनायी न दे, लगता ही नहीं कि आप आमची मुम्बई में हैं। अपने ख़यालों में डूबा नीरव जब ऑफ़िस के मुख्य द्वार से सीधा आगे निकल गया, तब ऑफ़िस ब्वॉय को उसे पुचकारकर रोकना पड़ा।

'पुच्च्च्च्च... नीरव सर! पन्द्रह मिनट में कॉन्फ्रेंस रूम में मीटिंग है।'

'अच्छा, सभी को आना है क्या?' नीरव ने पूछा।

'वो मालूम नयी। एच.आर. से फ़ोन था, बोले रघु की टीम से सबको बुलाओ।' ऑफ़िस ब्वॉय को जितना पता था, उसने बता दिया। नीरव ने अपनी सीट पर पहुँचकर लॉग–इन किया तो उछल गया। इनबॉक्स में एच.आर. का मेल था। अगले आधे घण्टे में उसकी टीम में बदलाव का ज़रूरी ऐलान होने जा रहा था।

मेल पढ़कर दिल किया, तुरन्त जाकर पाण्डेय जी का हाथ चूम ले। पाण्डेय जी की भविष्यवाणी पूरी होने की आहट अब उसे साफ़ सुनायी दे रही थी। उसका मन ख़ुशी से नाचने लगा। जैसे–तैसे अपनी ख़ुशी सँभाली। रघु से सारा हैण्ड–ओवर वह पहले ही ले चुका था। आशंका बस इतनी रह गयी थी कि रघु के रहते अगर उसका प्रमोशन हो जाता तो कितना अच्छा होता। नीरव, उसकी टीम और पूरा का पूरा दफ़्तर वैसे ही चल रहा था, जैसा एक दिन पहले तक चला। नीरव के अलावा न किसी के पास रघु की कमी महसूस करने का वक़्त था और न ही ज़रूरत। कोई आये, कोई जाये, कॉरपोरेट ऑफ़िस इसी तरह अपनी रफ़्तार से चलते चले जाते हैं। जाने वाले की जगह कोई नया आ जाता है।

फ़िलहाल किसी नये प्रोजेक्ट मैनेजर के आने की कोई ख़बर नहीं थी। नीरव को अपना दावा सबसे पक्का लग रहा था। बाक़ी सबका अन्दाज़ा था ही कि नीरव को रघु की चमचागिरी का इनाम ज़रूर मिलेगा। मीटिंग में एच.आर. हेड वेंकटस्वामी, उनके दायें हाथ की ओर टोनी पसरीचा, फिर दानिश और मैथ्यू और उधर सामने वेंकट की बगल में पहली चेयर पर रागिनी सुन्दरम, अर्पिता, तान्या और फिर अभिलाष। रागिनी को उसकी टीम के साथ मीटिंग में देखकर नीरव की ख़ुशी का ठिकाना नहीं था। शायद रागिनी को उसी की टीम में असाइन किया जा रहा था। अब उसे रागिनी से मेल–जोल में कोई दिक़्क़त नहीं आयेगी, यही सोचकर नीरव मन ही मन मुस्कुरा रहा था। टोनी ने शुरुआत की–

'रागिनी से आप सभी मिल चुके हैं, अबसे ये आपके साथ काम करेंगी... और मुझे लगता है रघु के बाद इस टीम के साथ काम करते हुए प्रोजेक्ट मैनेजर की ज़िम्मेदारी यह अच्छी तरह निभा पायेगी।'

प्रोजेक्ट मैनेजर के तौर पर रागिनी का नाम सुनकर नीरव को ज़ोरदार झटका लगा। उसकी आँखों के सामने अँधेरा छाने लगा...टोटल ब्लैक आउट...उसकी ज़िन्दगी ही मानो 'हैंग' हो गयी।

टोनी के मुँह से उसने सिर्फ़ अपना नाम सुनने की उम्मीद लगा रखी थी। पाण्डेय जी से मिली अँगूठियाँ पहनकर उसने क़िस्मत की फील्डिंग लगा कर बाक़ी सारा इन्तज़ाम भी कर लिया था, लेकिन हमेशा की तरह वह एक बार फिर अपने दुर्भाग्य से लड़ रहा था। उसे यह अपना दुर्भाग्य ही लगा। क्यों मिला उसे ऐसा घर? ऐसी परिस्थितियाँ? ऐसा ऑफ़िस? और ऐसी ज़िन्दगी, जिसमें कुछ भी आसानी से हासिल नहीं? वह भी चाँदी की चम्मच लेकर क्यों नहीं पैदा हुआ? तब मनचाही चीज़ें पाना कितना आसान होता...

सारे सवालों के जवाब एक ही इन्सान के पास थे, पाण्डेय जी। नीरव ने बाइक उठायी और गोरेगाँव की ओर चल पड़ा।

'आइए–आइए, नीरव जी। बताइए क्या लेंगे, चाय या कॉफ़ी...?'

'जो चाहिए था, वह तो आप दिलवा नहीं पाये अब आपकी चाय–कॉफ़ी पीकर क्या मेरा सोया भाग्य जाग जायेगा?'

'बड़े नाराज़ लग रहे हो। ऐसी क्या बात हो गयी?'

पाण्डेय जी ने बड़े संयत ढंग से जवाब दिया और नीरव का ग़ुस्सा नज़रअन्दाज़ कर गये। जैसे उनके लिए यह सब रोज़ की बात हो। नीरव की चिढ़ कुछ और बढ़ गयी। वह बौखलाहट में पूरी भड़ास निकाल बैठा।

'आपने 21 मई तक का टाइम दिया था, आज क्या तारीख़ है? इक्कीस ही है न? प्रमोशन, भाग्योदय, कहाँ गये आपके दावे? कुछ भी नहीं हुआ, पाण्डेय जी। लाख रुपये देकर आपकी बतायी अँगूठियाँ पहन लीं। आपने जो कहा, मैंने सब किया, लेकिन हुआ क्या पाण्डेय जी? कुछ भी तो मनमुताबिक़ नहीं हुआ।'

पाण्डेय जी पर उसका ग़ुस्सा फूट रहा था। नौकरी और प्रमोशन की सारी टेंशन पाण्डेय जी के सिर पर डालता गया। पाण्डेय जी की मुस्कान में आधा–एक इंच का फ़र्क़ पड़ता, तब भी कोई बात होती। वे अब भी नीरव को निर्लिप्त भाव से देखे जा रहे थे, जैसे नीरव कोई दो–तीन साल का बच्चा हो। मानो उसका ग़ुस्सा उन्हें मोहक लग रहा हो। वे मन्द मुस्काते हुए उसकी बातें सुनते रहे। इस बीच लैपटॉप में उन्होंने नीरव की कुण्डली खोल ली। नीरव जब थककर चुप हुआ, तब कहीं जाकर उनके मुँह से कुछ फूटा।

'शनि इतनी जल्दी पीछा नहीं छोड़ता, नीरव बाबू। ये शनि की महादशा है। अच्छे–अच्छे पानी माँगने लगते हैं। तुम सही–सलामत खड़े हो, ये क्या कम है? ग्रह तो अपना काम करेंगे ही। बहुत अड़चनें हैं तुम्हारी कुण्डली में, राहू कॅरियर के दसवें घर में बैठा है। पाँचवें घर में शनि–मंगल साथ हैं। प्रेम, पिता और करियर के मामले में तुम्हें तकलीफ़ मिलती रहेगी। इतनी जल्दी हिम्मत हार जाओगे तो कैसे चलेगा, बोलो? थोड़ा सब्र रखना पड़ेगा। क़िस्मत से लड़ना पड़ेगा। रही बात भविष्यवाणी की तो उसकी गारंटी मेरी है। अब देखो, लड़की से भाग्योदय की बात कही थी न, वह हुआ कि नहीं? लड़की आयी न जीवन में? जैसे यह दिल्ली वाली आयी, वैसे ही कोई और भी आयी होगी?'

अपना दावा ठोंककर पाण्डेय जी के चेहरे पर सूरज जैसा तेज आ गया था। ऐसा आत्मविश्वास कि कोई भी चकित हो जाये। नीरव भी हतप्रभ–सा उन्हें बस देखे जा रहा था। अर्पिता की तरह पाण्डेय जी को रागिनी के आने का आभास कैसे हो गया? उसने तो अब तक रागिनी के बारे में उन्हें कुछ नहीं बताया। पाण्डेय जी एक भविष्य–द्रष्टा का दम्भ लिए आगे बोले।

'अच्छा बताओ, 21 मई तक ऑफ़िस और तुम्हारी लाइफ़ में क्या कुछ बड़ा बदलाव हुआ?'

'सब बदल गया। रघु ने भरोसा दिया था कि उसके मूव करने पर मुझे प्रमोट किया जायेगा, पर मैनेजमेंट ने उल्टा मेरे सिर पर एक बिल्कुल नयी लड़की लाकर बिठा दी। रघु तो फिर भी क़ाबिलियत रखता था, आई रियली एडमायर हिम। ये तो ऐसी है, जैसे कोई कॉलेज की पास–आउट।'

नीरव की बात सुनते हुए पाण्डेय जी ने गम्भीर सोच की मुद्रा बनायी। फिर चेहरे पर प्रसन्नता का भाव लाकर चहक उठे।

'यही तो है वह लड़की, जो तुम्हारी क़िस्मत की चाबी लेकर आयी है। अवसर की पहचान करना नहीं सीखोगे तो सारे मौक़े हाथ से फिसल जायेंगे। मेरी रीडिंग कहती है, यह वही है। अच्छा बताओ, यह लड़की किसी बड़े घर की है या नहीं?'

'हाँ, उसके पिता मिस्टर राजू सुन्दरम आई.टी. इण्डस्ट्री का बहुत बड़ा नाम हैं।' नीरव ने कहा।

'भई, मेरी भविष्यवाणी के हिसाब से तो सब ठीक चल रहा है। बाक़ी संघर्ष ही जीवन का दूसरा नाम है नीरव बाबू। तुम्हारी कुण्डली कहती है, आसानी से कुछ भी नहीं मिलेगा।' पाण्डेय जी का आश्वस्त करने वाला जवाब नीरव को हजम नहीं हुआ। वह पाण्डेय जी की बात सुनते ही बिफ़र पड़ा।

'कुण्डली और जीवन का वही झमेला ख़त्म करना है पाण्डेय जी, इसीलिए तो मैं आपके पास आया था। लाख रुपये की ये अँगूठियाँ भी उसी वजह से पहनीं, पर अब जब मुझे ही सब–कुछ करना है तो फिर इन स्टोन्स की क्या ज़रूरत है?'

'ज़रूरत नहीं है तो उतार दीजिए। लाइन लगाकर खड़े होते हैं अँगूठियाँ लपकने वाले। देखो बेटा, अपने जीवन में बहुत तर्क–वितर्क करने वाले देखे हैं मैंने। तर्क से ज़िन्दगी नहीं चलती। जब चीज़ें उलझती हैं तो तर्क धरे रह जाते हैं। उस समय हमारी याद आती है। तुम्हारा केस तो कुछ भी नहीं, बिगड़े–से–बिगड़े केस में लोगों को मौत के मुँह से वापस ला चुका हूँ। इतना ही अविश्वास है तो उतार दो अँगूठियाँ, कल आकर पैसा वापस ले जाना।' पाण्डेय जी जोश में आये तो नीरव ठण्डा पड़ गया।

'पाण्डेय जी, आप तो बुरा मान गये। मैं बस इसलिए परेशान था कि प्रमोशन नहीं हुआ।'

'मैं तुम्हारी पूरी लाइफ़ बनाने की फ़िक्र में लगा हूँ और तुम प्रमोशन के पीछे पड़े हो! तुम्हें पहले ही बताया था, मई में प्रमोशन का योग है, पर वह मनचाहा प्रमोशन नहीं होगा। नवम्बर में मनचाही तरक़्क़ी के योग बनेंगे। बोलो, कहा था कि नहीं?'

'हाँ, वो तो आपने बिल्कुल कहा था।' नीरव शान्त स्वर में बोला। बदले में पाण्डेय जी तैश में कहते गये।

'अरे भाग्योदय होगा, तभी तो आगे तक़दीर चमकेगी। और कितनी बार बताऊँ, पहले लड़की आयेगी, तब भाग्य साथ देगा। कुछ समझ में आया कि नहीं?'

'जी हाँ, समझ आ गया।' नहीं समझने की गुंजाइश आख़िर रह भी कहाँ गयी थी। उसके पास समझने के अलावा कोई रास्ता भी नहीं था। हाँ, रघु की फ़ेयरवेल पार्टी में छिड़ी एस्ट्रोलॉजी की डिबेट और पिता की डाँट से ज्योतिष में उसका भरोसा डगमगाया था, लेकिन पाण्डेय जी के तर्कों के बाद वे सारी बातें सिर्फ़ बहसबाज़ी बनकर रह गयीं। कुछ अति महत्त्वाकांक्षी लोगों की कुड़कुड़ से ज़्यादा कुछ नहीं। इशारा अभिलाष जैसों की तरफ़ था, जिनके पेट भरे थे। जिनके पास सब–कुछ था। हीरा नन्दानी जैसी टॉप क्लॉस सोसाइटी में बिज़नेसमैन बाप का घर। करोड़ों की दौलत। ऐसों को इन्द्रासन मिल जाये, तब भी कम है। उसके पास क्या था? उसके पास तो माँ भी नहीं थी। ले–देकर एक बाप था, जिससे उसे किसी बड़े सपने की उम्मीद नहीं थी। ज्योतिष की सलाह का ही सहारा रह गया था। वह इस आख़िरी उम्मीद का दामन भला कैसे छोड़ देता। फिर ऐसा भी नहीं कि भविष्यवाणी सच साबित न हुई हो। 21 अप्रैल और 21 मई के बीच उसकी ज़िन्दगी में दो लड़कियाँ आयी थीं। पहली वह रिजेक्ट कर चुका था, दूसरी उसे लाइफ़–पार्टनर सिलेक्ट कर ले, बस इसी बात की देर थी, पर एक प्रेमी से पहले उसके लिए 'ब्लू आईड ब्वॉय' बनने की कसौटी पर खरा उतरने की चुनौती थी, क्योंकि रागिनी कोई आम लड़की नहीं, उसकी बॉस थी...

किसी से न कहना...

ज़्यादातर लोगों को अपना बॉस निरा चूतिया लगता है और आयरॉनी देखिए, सबके मन में एक दिन बॉस बनने का सपना ज़रूर होता है, क्योंकि ज़्यादातर लोग ख़ुद को बेझा टैलेंटेड समझते हैं, पर मज़ेदार बात यह है कि बॉस बनते ही वह टैलेंट पता नहीं कैसे–कैसे सियापों में दब जाता है। नीरव के लिए अंगूर खट्टे हो गये थे। बॉस नहीं बन पाया तो यह विरोधाभास अब उसे बख़ूबी समझ आ रहा था। उस पर पाण्डेय जी ज्ञानवर्धन कर चुके थे कि शनि ख़ुश तो बॉस ख़ुश और शनि नाराज़ तो न बॉस सुनने वाला है, न ही सबॉर्डिनेट। मतलब बॉस और सबॉर्डिनेट का सीधा सम्बन्ध शनि से होता है। ओह तेरी! यानी शनि महाराज ने बाप से लेकर बॉस तक के रिश्तों में अपनी लँगड़ी टाँग अड़ा रखी है। यह ख़याल आते ही वह काँप गया।

वैसे बॉस बनने वालों पर शनि देव का ब्लाइण्ड सपोर्ट उसे ख़ासा खटक भी रहा था। उसे लेकर शनि इतने बेरहम क्यों हैं? न्याय के देवता उस जैसे योग्य पर दया क्यों नहीं बरसा रहे? अगर वे सच में न्याय करते हैं तो फिर नाक़ाबिल लोगों की मौज क्यों है? बच्चा जन्म ले, तब कोई पिता बनता है। बेटे को बेटी–बेटा हो तो दादा। दुकान खोली तो दुकानदार। राजनीति करे तो नेता। इन सबके बनने में कुछ पैदा होता है। बस ये साला बॉस नाम का जीव कुछ पैदा किये बिना ही पैदा हो जाता है। कहीं सिंहासन बत्तीसी की तरह सारा झोल बॉस के बैठने की उस कुर्सी में तो नहीं होता, जिस पर बैठने की देर नहीं कि अच्छा–ख़ासा इन्सान बदल जाता है। इन तमाम बातों का अन्दाज़ा उसे रागिनी के एक खीज

भरे जवाब से हो गया।

'हैण्डोवर ही है न या हैंगओवर है? बोलो, फिर उसे सिर से उतारने की ऐसी क्या जल्दी मचा रखी है?' रागिनी ने झल्लाकर कहा। तीसरी बार पूछने पर उसने आपा खो दिया था। अचानक बदला मिज़ाज समझने के लिए नीरव ने रागिनी की आँखों में झाँका। वह देख पा रहा था कि उसके सपनों की राजकुमारी पलक झपकते एक बॉस में बदल गयी है। यह बदलाव उसे डरा गया। हिम्मत जुटाकर उसने फिर कहा।

'जिसकी ज़िम्मेदारी है, उसे सौंपने की जल्दी है, बस।'

बदले में बॉस ने एक फ़रमाइश की। शायद उसे नीरव पर चिल्लाने का पछतावा हो रहा था।

'अच्छा, वह कॉफ़ी नहीं पिलवाओगे, जो ड्यू रह गयी थी?'

बॉस मेहरबान हो रही थी, बन्दा फिर भी परेशान। बॉस को न कैसे कहता...भीतर से वह भी यही चाह रहा था।

'हाँ क्यों नहीं, जब कहो।'

'आज शाम, तभी हैण्डोवर पर भी बात हो जायेगी।'

हालाँकि रागिनी की कॉफ़ी वाली ये फ़रमाइश गुज़ारिश कम, फ़रमान ज़्यादा थी। फिर भी उस शाम की बात ही कुछ और रही। नीरव रागिनी को जोगेश्वरी–विक्रोली लिंक रोड के उस कॉफ़ी शॉप पर ले गया, जहाँ से रोड के उस पार कई किलोमीटर तक फैली पवई लेक का शानदार व्यू नज़र आता था। दो जवान दिलों की रोमांटिक मुलाक़ात के लिए एकदम परफ़ेक्ट जगह। समन्दर से घिरे मुम्बई में ठहरा हुआ अथाह जल देखना भी भला कोई कम रोमांच है, लेकिन रागिनी ने वैसा कोई बचपना नहीं दिखाया, जिसकी अपेक्षा नीरव को थी। रागिनी की जगह अर्पिता होती तो कॉफ़ी से पहले झील के किनारे पहुँच जाती। अपनी सैंडल उतारकर परे रखती और शायद पानी में पाँव डालकर कुछ देर यूँ ही बैठी बक–बक करती रहती। उसे हैरानी हुई कि अपने सपनों की राजकुमारी के होते हुए वह किसी और के बारे में सोच भी कैसे सकता है। फिर उसे इस बात की भी कम हैरानी नहीं थी कि दूर तक फैली झील देखकर उसके सपनों की राजकुमारी की आँखों में कोई रोमांच क्यों नज़र नहीं आ रहा। काश

राजकुमारी कॉफ़ी शॉप छोड़कर उस झील के किनारे चली जाये। उसकी कोई क़ीमती चीज़ पानी में गिरे। वह मेंढक की तरह चुम्बन की शर्त पर पानी में गोता लगाये और राजकुमारी को उसकी अनमोल चीज़ लाकर दे दे, पर राजकुमारी कोई बच्ची नहीं थी। वह एक परिपक्व लड़की थी, जिसने दुनिया देख रखी थी।

'क्या सोच रहे हो?' रागिनी ने café latte का पहला सिप लेते हुए पूछा।

'बहुत शानदार शाम है। हमारे ऑफ़िस के लोग अक्सर यहाँ शाम बिताते हैं। अफ़सोस पहले कभी यहाँ क्यों नहीं आया।' नीरव ने कहा। तब तक रागिनी चिकन एण्ड चीज़ सैंडविच की पहली बाइट ले चुकी थी।

'हम्मम, ऐसी जगहें ख़ुद से जाने के लिए नहीं होतीं। पहली बार कोई किसी के साथ ही आता है। वैसे कैफ़े अच्छा है। ब्यूटीफुल लेकव्यू। अरे, तुम भी लो न।'

'नहीं, मैं सिर्फ़ कॉफ़ी पीऊँगा। अच्छा, वह हैण्डोवर का तो बताओ क्या करना है?' नीरव ने कप उठाते हुए पूछा। रागिनी नाक–भौं सिकोड़ते हुए गॉसिप के अन्दाज़ में शुरू हो गयी।

'वह सब तुम रहने दो अपने पास। देखो नीरव, मुझे तुम्हारा थोड़ा सपोर्ट चाहिए। टीम में बाक़ी किसी काम के नहीं। अभिलाष और तान्या को सिर्फ़ वीकेंड्स का इन्तज़ार रहता है। मैथ्यू और दानिश आलसी हैं। बची अर्पिता, उसे दिल्ली के चक्कर लगाने से फ़ुरसत नहीं। आज छुट्टी लेकर फिर निकल गयी दिल्ली।'

'ओह...अभी दो–तीन हफ़्ते पहले ही तो गयी थी।' नीरव अर्पिता के जाने की बात से हैरान हुआ। इससे पहले कि वह अर्पिता की छुट्टी की वजह पूछ पाता, रागिनी आगे कहती गयी–

'मैं ऑफ़िस में तुमसे कोई बात नहीं करना चाहती थी। टोनी का कहना है कि मैं तुम पर पूरा भरोसा कर सकती हूँ, इसीलिए तुम्हें बता रही हूँ, लेकिन अपने तक ही रखना। मुझे पता है तुम प्रोजेक्ट मैनेजर के लिए टीम में सबसे बड़े दावेदार रहे हो और तुम्हारा दावा बरक़रार रहना ही चाहिए, समझे?'

'लेकिन हैण्डोवर ज़रूरी...' नीरव इससे पहले कुछ कह पाता, रागिनी ने

उसकी बात काटकर आगे कहना शुरू कर दिया।

'मेरा यहाँ कोई काम नहीं है बॉस। मुझे वैसे भी अमेरिका में कॅरियर बनाना है। सिर्फ़ डैड की वजह से ज्वॉइन कर लिया। ज़्यादा–से–ज़्यादा तीन–चार महीने और अक्टूबर–नवम्बर तक शायद मैं अमेरिका में होऊँगी...'

अक्टूबर–नवम्बर तक रागिनी के अमेरिका में सेटल होने की बात सुनकर वह चौंक गया। उसे याद आया पाण्डेय जी ने कहा था कि नौकरी में मनचाही सफलता के योग नवम्बर तक बनेंगे। कहाँ वह इस नौकरी में प्रमोशन के लिए मरा जा रहा है, जबकि रागिनी के जीवन में आते ही उसका इतना प्रबल भाग्योदय दिख रहा है, जो उसे अमेरिका भी ले जा सकता है।

रागिनी की बातें सुनकर उसकी धड़कनें बढ़ गयी थीं। टू–बाय–टू की स्क्वेयर टेबल के उस पार ठीक वही लड़की बैठी थी, जिसके हाथ में उसके भाग्य की चाबी थी। जो उसे दुख भरे संसार से निकालकर सात समन्दर पार ले जा सकती है। यह एक अलग क़िस्म का रोमांच था। जो सोचा न हो, वैसा होता नज़र आये, तब ख़ुशी भी सदमा–सा दे जाती है। नीरव उसी सदमे में रागा रहा था। ख़ुशी से खुला रह गया उसका मुँह ताकते हुए रागिनी ने उसे चेताया।

'अच्छा, एक्साइटमेंट में यह सब किसी से कह मत देना ऑफ़िस में।'

'यह भी भला कोई सबसे कहने वाली बात है।' नीरव बोला।

'सबसे मतलब? किसी से नहीं। तो ये हैण्डोवर वग़ैरह न अपने पास ही रखो। वैसे मैं सब हैण्डल कर लूँगी। जहाँ ज़रूरत होगी, वहाँ तुम हो ही। आख़िरी में तुम्हें ही प्रॉजेक्ट मैनेजर बनना है। टोनी से रघु पहले ही तुम्हारी ख़ूब सिफ़ारिश करके गया है। फिर मैं भी रिकमण्ड कर रही हूँ। तुम बिल्कुल चिन्ता मत करो, मिड–टर्म अपरेज़ल में तुम्हारा प्रोजेक्ट मैनेजर बनना तय है। फिंगर्स क्रॉस।'

'फिंगर्स क्रॉस! लास्ट मिनट में पता नहीं क्यों मेरे साथ सब उल्टा हो जाता है?' नीरव टीस छिपा नहीं पाया।

'इस बार नहीं होगा। कुछ गड़बड़ हो, तो तुम सीधे अमेरिका चले आना, मेरे पास।' रागिनी के शब्द नीरव के लिए मरहम जैसे थे। उसने देखा,

रागिनी के चेहरे पर वापस राजकुमारी वाला माधुर्य लौट आया है। राजकुमारी मेंढक को अपना दोस्त और हमराज़ बना रही है। मेंढक का दिल उछलने को हुआ। यह सब आधी जीत की तरह था, पर उसके दिल में असली चाहत राजकुमारी का हमसफ़र बनने की थी। इत्तिफ़ाक़ से पार्किंग की किचकिच के चलते रागिनी अपनी कार से भी नहीं आयी थी, यानी 'वर्सोवा' तक लिफ्ट देकर वह कम–से–कम उस शाम तो रागिनी का हमसफ़र बन ही सकता था और बना भी।

अगले हफ़्ते–भर में उसकी क़िस्मत ने ऐसे कितने ही मौक़े दिये, पर वह मंज़िल के इतने पास आकर क्लीन–बोल्ड होने के डर से उबर ही नहीं पाया। नीरव ने नर्वस नाइंटीज के बारे में बहुत सुन रखा था। नर्वस नाइंटीज होती क्या बला है, इसका एहसास उसे अब हो रहा था। ख़ूब कोशिश करने पर भी वह पाण्डेय जी की सलाह पर अमल नहीं कर पाया। रागिनी को अपने दिल का हाल बताने की हिम्मत ही नहीं हुई। उसने प्रपोज़ किया और रागिनी ने मना कर दिया तो? कोई और होती तो यह चांस लिया जा सकता था। बॉस को कैसे प्रपोज़ कर दे। बात बिगड़ी तो यह भी नहीं कह सकता कि सॉरी, मैं मज़ाक़ कर रहा था। सुलझने के बावजूद हालात उलझ से गये थे। वह हर अगला क़दम फूँक–फूँककर रख रहा था, जैसे कि उसकी सावधानी से नियति बदल जायेगी...

लकीर का फ़कीर

होना न होना सवाल था ही नहीं। अब तो उसने जो सोचा है, वह हर हाल में होना है। नीरव उस रोज़ बस यही ठान कर निकला। मुम्बई की उमस–भरी गर्मियों की वह ख़ुशनुमा शाम भी उसे भरोसा दे रही थी कि आज कुछ तो ज़रूर होने वाला है। ऑफ़िस के बाद रागिनी उसे अपने साथ पृथ्वी थिएटर ले आयी थी। ये कैसी टेलीपैथी काम कर रही थी! रागिनी के साथ फ़िल्म देखने की गुज़ारिश वह ख़ुद भी करना चाहता था। उसे लगा सितारे ख़ुद उसके प्यार की राह बना रहे हैं। ऑफ़िस के बाद दोनों को पवई से जूहू पहुँचने में ज़्यादा वक़्त नहीं लगा। बमुश्किल 40 मिनट में वे पृथ्वी थिएटर के सामने थे। शो शुरू होने में अब भी एक घण्टा बाक़ी था।

'तुम्हें शायद फ़िल्मों से ज़्यादा पसन्द है ये थिएटर–विएटर?' नीरव ने रागिनी से पूछा।

'हाँ, मैं नाटक देखने का कोई मौक़ा नहीं छोड़ती, और तुम?'

'कभी मौक़ा ही नहीं मिला। ऐसा कोई दोस्त नहीं था, जिसे थिएटर में इण्टरेस्ट हो। जो कुछ इण्टरेस्ट था, स्कूल–कॉलेज तक ही रहा।'

नीरव के स्कूल–कॉलेज में थिएटर के इण्टरेस्ट पर अगर रागिनी सवाल करती तो वह फँस जाता, क्योंकि उसका असल इण्टरेस्ट थिएटर में नहीं, बल्कि उन लड़कियों में ज़्यादा रहा था, जो क्लास के बाद बेरोक–टोक रिहर्सल में जाया करती थीं। कल्चरल एक्टिविटीज़ में शामिल लोगों पर हर एक क्लास अटैण्ड करने की बन्दिश भी नहीं होती थी। नीरव का

असली सुख इन्हीं दोनों चीज़ों में था। यहाँ पहली बार वह रंगमंच की भव्यता देख रहा था। उसकी नज़रें पृथ्वी थिएटर के आस–पास नाटक के पोस्टरों से अटी पड़ी दीवारों पर टिकी थीं। तब तक रागिनी के चेहरे पर हैरानी के भाव तैर चुके थे–

'इण्टरेस्ट नहीं था तो मना कर देते।' रागिनी की आवाज़ में कुछ अपराधबोध–सा था। जैसे उसे यकायक लगा हो कि वह बॉस के तौर पर अपने सबॉर्डिनेट का इस्तेमाल कर रही है।

'अगर कोई ख़ूबसूरत लड़की ख़ुद आकर पूछे कि आज शाम फ्री हो, 7:30 का शो है तो पहले हाँ कहना चाहिए या फिर मीन–मेख निकालना ठीक है? बोलो, लड़की से पूछूँ, पहले बताओ कौन–सी फ़िल्म है? उसमें हीरो कौन है? यार इस सबसे क्या फ़र्क़ पड़ता है। फ़िल्म साइलेंट हो या वाइलेंट। तुम्हारे साथ आ गये हैं न, अब फ़िल्म न सही ये रोमांटिक प्ले ही सही।' कहकर नीरव मज़ाक़ के मूड में आता दिखा।

'सिर्फ़ रोमांटिक प्ले नहीं है ये। रोमियो–जूलियट वर्ल्ड फ़ेमस ट्रेजिडी है। तुम्हें इतना भी नहीं पता?' रागिनी ने उसकी क्लास लेते हुए कहा।

'ओह, तो यह शेक्सपियर के नाटक का हिन्दी अडॉप्टेशन है। थैंक्स रागिनी, तुमने मेरी एक बड़ी चाहत पूरी कर दी।' अपनी बात पूरी करने के बाद नीरव अजीब ढंग से हँसे जा रहा था। जैसे हँसी का कोई पुराना स्रोत फूट पड़ा हो। हॉस्टल लाइफ़ की एक और बात उसे हँसाये जा रही थी। दरअसल, हॉस्टल के दिनों में उसकी लाइफ़ में इतना सेक्स हुआ करता था कि अक्सर दोस्त भी उसे 'सेक्स–पीर' और 'लक़ीर का फ़क़ीर' कहकर बुलाने लगे थे। ख़ैर, शेक्सपियर का मशहूर नाटक रोमियो–जूलियट शुरू होने में काफ़ी वक़्त था और लंच के बाद से कुछ न खाने की वजह से भूख ने अन्तड़ियों में दर्द पैदा कर दिया था। पृथ्वी थिएटर की कैंटीन में रागिनी को मनमाफ़िक़ खाने की कोई चीज़ नज़र नहीं आयी तो दोनों बाहर निकलकर जूहू चर्च रोड पर आ गये। वहाँ एक क़तार में कई कैफ़े सजे थे। ओपन लॉन में लगी टेबल पर जमे लोगों में हर क़िस्म के लोग थे। गम्भीर से गम्भीर बातें भी हो रही थीं तो यूथ वाली मौज़–मस्ती भी। कई जोड़े, कुछ कॉलेज स्टूडेंट्स के ग्रुप और साथ ही शायद फ़िल्म और टीवी इण्डस्ट्री में काम करने वाले भी

सीरियस मीटिंग जैसी चीज़ों में बिजी थे। किसी फ़िल्म वाले की मौजूदगी का एहसास नीरव को तब हुआ, जब पीछे वाली टेबल से आ रही आवाज़ें उसके कानों में पड़ीं।

'मानव, मैंने प्रोड्यूसर को बहुत समझाया, पर वह तुम्हारी कुण्डली में अटक गया है। वह कहता है, इसे लीड रोल दिया और फ़िल्म डूबी। उसके ज्योतिषी का कहना है कि लड़के की कुण्डली में शनि कमज़ोर है।'

'और किसी कमज़ोर ऐक्टर का शनि मज़बूत हो तो वह चलेगा? क्या सर, आप भी ये सब मानते हैं?'

वह लड़का हताश होकर अपने डायरेक्टर से सवाल कर रहा था। वजह ग़लत नहीं थी। लड़की चाहिए तो कुण्डली मिलाओ, फ़िल्म में लीड रोल करना है तो भी कुण्डली मिलाओ। ये तो हद हो गयी, सोचकर नीरव का सिर चकरा गया, जबकि डायरेक्टर की भी अपनी मजबूरी थी। आख़िर फ़िल्म में प्रोड्यूसर पैसा लगाता है। करोड़ों का दाँव भला कोई ऐसे ही क्यों लगा दे? बस, ज्योतिष की बात सुनायी क्या पड़ी, नीरव के कान खड़े हो गये।

'तुम क्या लोगे?' रागिनी के पूछने पर पहले वह चौंका। फिर संयत होकर बोला।

'जो तुम्हें पसन्द हो ले लो। मैं भी वही ले लूँगा।'

'अच्छा, कैफ़े–मोका और क्रंच चिकन सैंडविच ट्राई करते हैं, ठीक है?' कहकर रागिनी ख़ुद ही ऑर्डर देने चली गयी। शायद भूख उसकी बर्दाश्त से बाहर हो गयी थी। नीरव चेहरे पर थकान के भाव लिए बैठा रहा। फ़िल्म इण्डस्ट्री में ज्योतिष के दख़ल की बातों में उसे रस मिल रहा था। उसने सुना था कि टी.वी. सीरियल की दुनिया में एक बड़ा प्रोडक्शन हाउस कुण्डली देखने के बाद रोल देता है। फ़िल्मों में ऐसा होता है, पीछे बैठे शख़्स ने फिर बात बढ़ायी।

'वैसे मानव प्रोड्यूसर की एक बात से मैं भी सहमत हूँ। ये तो दुनिया मानती है कि इण्टरटेनमेंट इण्डस्ट्री शुक्र की कृपा से चलती है, पर बड़ा सवाल यह है कि कब चलती है? जब अँधेरा होता है, जब शुक्र को शनि का साथ मिलता है। फ़िल्मों के प्रीमियर हों, अवॉर्ड नाइट हों या फिर

गीत–संगीत की महफ़िलें इन सबका मज़ा अँधेरे में ही आता है। थिएटर में अँधेरा होगा, तभी फ़िल्म परदे पर अच्छी तरह नज़र आयेगी कि नहीं? और शनि का मतलब ही अँधेरा है। वही डर देता है और वही उस डर से पार जाने की हिम्मत भी देता है।'

डायरेक्टर की बात सुनकर वह लड़का उठ गया, 'ऐसा है सर, मुझे इतना समझ आ गया है कि आप लोग मुझे कास्ट नहीं करना चाहते। यही बात सीधे–सीधे कह दीजिए, मैं बुरा नहीं मानूँगा। थैंक्स आपने मुझे फ़ाइनल ऑडिशन तक आने का मौक़ा दिया।' इतना कहकर वह दनदनाता हुआ कैफ़े से बाहर निकल गया। डायरेक्टर शायद सकते में था, जब वह लड़का जा चुका, तब जाकर उसका मुँह खुला। वह अपने साथ वाले शख़्स से कह रहा था, 'प्रोड्यूसर ने सही कहा था, इसकी कुण्डली में बैठे शनि में दम नहीं और मंगल किसी से कम नहीं।'

पीछे से आ रही इन आवाज़ों के बाद नीरव इस निष्कर्ष तक पहुँच गया था कि प्रोड्यूसर ज़रूर इस डायरेक्टर की कुण्डली भी देख चुका है। इस बीच सेल्फ़ सर्विस की ट्रे हाथ में थामे रागिनी टोकन काउंटर से लौट आयी थी।

'कभी–कभी ऐसा क्यों लगता है, जैसे हमारे हाथ में कुछ भी नहीं? डोर किसी और के हाथ में है। सबकुछ इल्यूज़न है। वही भ्रम फुसलाकर सब करवाता है या फिर वाक़ई हम जो करते हैं, वह हम ही कर रहे होते हैं?' नीरव ने अपना कॉफ़ी मग उठाते हुए कहा।

'बेकार में फ़िलॉसफ़ी मत झाड़ो। ऐसा सिर्फ़ रियलिटी से दूर रहने वालों को लगता है।' रागिनी ने गहरी बात कह दी थी। इतनी गहरी कि वह गहराई तक हिल गया। तो क्या वह सच्चाई को पीठ दिखाकर खड़ा है। उसकी क़िस्मत बनाने वाली सामने बैठी है। यह भी क्या कोई भ्रम है? उसे गहरी सोच में डूबा देख रागिनी आगे बोल उठी–

'कहाँ खो गये तुम? यू नो, डुअल माइण्ड सबसे ख़तरनाक होता है। या तो इन्सान इस तरफ़ चला आये या फिर उस तरफ़ ही रुक जाये। दोनों स्थितियाँ बेहतर हैं। बीच में खड़ा रह जाने वाला फ़ालतू में फँस जाता है। वैसे सितारे हमारी क़िस्मत के मालिक होते हैं या फिर हम अपनी क़िस्मत के मालिक ख़ुद हैं? इसका काफ़ी–कुछ जवाब तुम्हें 'रोमियो–जूलियट'

देखकर मिल जायेगा।' रागिनी ने जैसे मन की कशमकश पकड़ ली थी। एकाध सवाल होता तो शायद नीरव को उसका जवाब मिल भी जाता, उसके दिमाग़ में तो सवालों की फ़ौज क़दम–ताल कर रही थी।

पृथ्वी थिएटर अँधेरे में डूब चुका था। एक स्पॉट लाइट जलते ही रोमियो–जूलियट नाटक शुरू हो गया। कुछ देर बाद मंच पर दोनों मिले। नीरव ने महसूस किया जूलियट उसकी बगल में बैठी है, पर वह चाहकर भी रोमियो नहीं बन पा रहा है। वहाँ अँधेरे में शनि मानो जाग–सा गया था। उसकी जूलियट नाटक देखने के उत्साह में कभी निर्विकार भाव से उसका हाथ अपने हाथ में लेकर मंच पर मौजूद पात्रों का परिचय करवाती। उसके कान में बताती कि शेक्सपियर के मूल नाटक में इस पात्र का नाम फलाँ–फलाँ था। वह शेक्सपियर के कई नाटक उनके मूलरूप में देख चुकी थी। नाटक का हिन्दी रूपान्तर उसे रोमांचित कर रहा था और नीरव... उसका सारा रोमांच जड़ हो गया था। शनि ने जैसे अपनी अतिरेक ठण्डक से सब–कुछ बर्फ़ के बड़े–बड़े हिमखण्डों के बीच दबा दिया हो। उसके ठिठुरते काँपते हाथ अपनी जूलियट के क़रीब जाकर रुक जाते। नज़र उठाकर वह रागिनी की ओर देखता। वह नाटक देखने में तल्लीन नज़र आती। अन्त में उसने महसूस किया वह वाक़ई बीच में खड़ा रह गया है और उसके हाथ ख़ाली हैं...।

सेटर्न रिटर्न

शो ख़त्म होने के बाद वर्सोवा पहुँचने में साढ़े दस बज गये थे। रागिनी को उसके अपार्टमेंट तक छोड़कर नीरव बाय–बाय कहते हुए मुड़ा। अगले ही पल रागिनी की आवाज़ ने उसे फिर रोक लिया।

'नीरव–नीरव, सुनो! मेरी मॉम से नहीं मिलोगे? तुम्हें बताया था न,मॉम आने वाली हैं। वे पृथ्वी थिएटर के पासेज़ भी उन्हीं के लिए आये थे, लेकिन उन्हें कुछ ज़रूरी काम था। आओ न, बस दो मिनट मिल लो। उन्हें अच्छा लगेगा।'

नीरव पहली बार इतने हाई प्रोफ़ाइल अपार्टमेंट में दाख़िल हुआ था। वहाँ भीतर क़दम रखते ही उसके सामने एक भव्य और सपनीली दुनिया शुरू हो गयी थी। एलिवेटेड पार्किंग, क्लब हाउस, स्विमिंग पूल और शानदार गार्डन, क्या नहीं था वहाँ। लिफ़्ट ग्यारहवीं मंज़िल पर जाकर रुकी। सामने 1101 और 1102 नम्बर के सिर्फ़ दो फ़्लैट थे। दोनों के बीच नेम प्लेट पर लिखा दिखा राजू सुन्दरम।

'कौन–सा फ़्लैट है तुम्हारा? वन वन ज़ीरो वन या वन वन ज़ीरो टू?'

'दोनों फ़्लैट्स डैड के हैं। पहले रेंट पर थे, अब एक में मैं रहती हूँ, दूसरा रेंट पर।'

फ़्लैट बेहद आलीशान था। फ़्लैट का हॉल ही उसके कान्दिवली वाले फ़्लैट से भी बड़ा था। ड्राइंग–रूम की दोनों दीवारों पर फ्रेंच विंडो से अरब सागर का शानदार व्यू नज़र आ रहा था। खिड़कियों के पास जाकर उसे

लगा, जैसे वह बादलों के ऊपर उड़ रहा है। जूहू बीच से लेकर वर्सोवा तक का सारा सीफेस सामने जगमगा रहा था। उसने अन्दाज़ा लगाया, क़रीब बीस–पच्चीस करोड़ क़ीमत तो ज़रूर ही होगी उस फ़्लैट की। वह आँखें फाड़े सब–कुछ देखता रहा।

कुछ देर बाद एक विदेशी सैलानी जैसी दिखने वाली महिला हॉल में आयी। रागिनी ने नीरव और अपनी मॉम को आपस में मिलवाया और चेंज करने अन्दर चली गयी। किसी साध्वी जैसी छवि और चेहरे का तेज जेनी के व्यक्तित्व में ग़ज़ब का आकर्षण पैदा कर रहा था। पिंक कलर का स्किनफ़िट सूट। हाथों में सोने के कंगन। माथे पर चन्दन का टीका। कुछ रंग–बिरंगे क्रिस्टल के मनकों वाली माला गले में थी। उसे न जाने क्यों वह चेहरा काफ़ी जाना–पहचाना लगा। बिना किसी ख़ास पहचान के सारे विदेशी एक जैसे ही क्यों लगते हैं? शायद ऐसा ही कुछ सोचते हुए नीरव एकटक जेनी की ओर देखे जा रहा था। कुछ देर मुम्बई सिटी और ऑफ़िस की बातें होती रहीं। इस बीच जेनी अपनी टूटी–फूटी हिन्दी पर आ गयीं।

'कौन–कौन है तुम्हारी फ़ैमिली में?'

'जी सिर्फ़ पापा हैं। माँ की डेथ मेरे बचपन में ही हो गयी थी।'

'ओह! सॉरी नीरव, मुझे समझता है एक सिंगल पेरेंट को कितना तकलीफ़ हुआ होगा तुमको बड़ा करने में।' जेनी ने सहानुभूति दर्शाते हुए कहा।

'मॉम को बहुत मिस करता हूँ बस। बाक़ी मेरी स्कूलिंग बोर्डिंग से हुई है, इसलिए फ़ादर को मुझे बड़ा करने में कोई प्रॉब्लम नहीं हुई।'

नीरव को आगे कुछ भी कहने का मौक़ा नहीं मिला। जेनी ने उसे रोकने के लिए हाथ दिखा दिया।

'कौन–सा स्कूल?'

'सेंट पीटर्स हाईस्कूल, पंचगनी।'

'दैट्स ग्रेट। मैं वहाँ गयी हूँ एक बार। शायद 1998 में।' पुराना वक़्त याद करते हुए जैसे उन्हें कुछ और भी याद आ गया हो। सन्देह गहरा हुआ तो उनके चेहरे का रोमांच ग़ायब हो गया।

'तुम्हारा सरनेम कान्त है न, नीरव कान्त? तुम केतन कान्त के बेटे हो?'

जेनी का सवाल सुनकर नीरव सन्न रह गया। नीरव भी यादों के तार जोड़ते हुए वापस अतीत यात्रा पर निकला तो उसे वहाँ एक जेनी मिल गयी, 'जेनिफ़र एण्डरसन...' वही जेनी, जिसे फ़ादर गोम्स ने काउंसलिंग के लिए स्कूल बुलाया था। मोटापे ने जेनी को बहुत बदल दिया था, इसलिए वह उन्हें पहचान नहीं पाया। उसने हिचकते हुए कहा।

'जी याद आ गया। फ़ादर गोम्स ने आपको मेरी काउंसलिंग के लिए बुलाया था।'

तब तक जेनी की आँखें बन्द हो गयी थीं। दोनों हाथ प्रार्थना की मुद्रा में आगे आ चुके थे।

'ओह मॉय लॉर्ड, योर मर्सी इज़ एवरलास्टिंग।'

नीरव और रागिनी दोनों हैरत से देखे जा रहे थे। जेनी का व्यवहार समझ से परे था। कुछ देर बाद जेनी ने आँखें खोलीं।

'रागिनी, मुझे नीरव से अकेले में कुछ बात करनी है।'

जेनी की बात सुनकर रागिनी सोफ़े से उठकर अन्दर चली गयी। उसके ड्राइंग रूम से चले जाने तक जेनी चुप रहीं, फिर उन्होंने आगे कहा।

'यू नो नीरव! तुम मेरी लाइफ़ का इकलौता केस हो, जिसे मैं नहीं सुलझा पायी। तुम्हें लेकर बहुत बड़ा डर था मेरे मन में।' कहते हुए वेदना उनके चेहरे को रौंदने लग गयी थी। नीरव की आँखें आश्चर्य से फैल गयीं। उसे लेकर जेनी को कैसा दर्द? बहुत कोशिश की याद करने की, पर उसे जेनी की टीस समझ नहीं आयी।

'मुझे डर था, हॉस्टल की तुम्हारी बैड कम्पनी सब बर्बाद कर देगी। सच में तुम्हें लेकर होपलेस हो गयी थी, लेकिन परमेश्वर बहुत महान् है। अच्छा लगा यह देखकर कि तुम सेटल हो गये हो।' जेनी के चेहरे पर ख़ुशी का भाव आया, पर दुख अगले ही पल फिर दिख गया।

'तुम्हारी कम्पलीट केस हिस्ट्री है मेरे पास। इतना मोटा फ़ाइल।' जेनी ने उँगलियों के बीच फ़ाइल की मोटाई दर्शाते हुए कहा, 'तुम्हें लेकर फ़ादर गोम्स के लैटर्स। केतन के फ़ादर गोम्स को भेजे लैटर्स, सबकुछ।' करुणा से भरे स्वरों में जेनी कहे जा रही थीं। अचानक उनकी करुणा किसी आवेग में बहकर दूर चली गयी।

'तुम्हें क्या लगता है, तुम कोई स्पेशल स्टूडेंट थे? नहीं 'स्पेशल स्टूडेंट्स' दया के पात्र नहीं होते। वे शारीरिक या फिर मानसिक विकास में पिछड़ जाते हैं। उन्हें दया नहीं हौसला देना होता है। तुम्हारा मामला उनसे भी बदतर था। सचमुच दया आती थी तुम पर।' ग़ुस्सा जेनी के चेहरे पर आवाजाही कर रहा था। कभी उनकी आँखों में नीरव को अपने लिए घृणा और तिरस्कार दिखायी देता तो अगले ही पल करुणा और ममता टपकने लग जाती।

'तुम आज जो ये अच्छे इन्सान की तरह पढ़–लिखकर एक नामी कम्पनी में जॉब कर रहे हो न, सिर्फ़ तुम्हारे बाप की वजह से है वरना तुम कब के बर्बाद हो जाते। केतन रो–रोकर फ़ादर गोम्स और मुझसे इतनी रिक्वेस्ट न करता तो शायद छह–सात साल तक इनडायरेक्टली तुम्हारे लिए काउंसलिंग करने का सवाल ही नहीं था। तुम्हारी एक–एक एक्टिविटी का रिकॉर्ड है मेरे पास। हॉस्टल में तुम्हारे एक–एक अराजक काम का कच्चा–चिट्ठा उन फ़ाइलों में है।'

जेनी पूरे आवेश में आ चुकी थीं। वह चुटकी बजाते हुए आगे बोलीं, 'यूँ–यूँ, एक मिनट में फ़ादर गोम्स तुम्हें स्कूल से निकालकर बाहर फेंक देते, पर उन्होंने ऐसा नहीं किया। जानना चाहते हो क्यों?'

जेनी ने सेंट्रल टेबल पर रखा पानी का गिलास उठाया और एक साँस में पूरा पानी गटक लिया। ग़ुस्से और भावावेश में उनका गला सूख गया था, गला तर हुआ तो आगे की बात निकली।

'सिर्फ़ तुम्हारे बाप की वजह से। उस रात जब तुम गर्ल्स हॉस्टल में पकड़े गये थे, क्या उम्र थी तुम्हारी? ग्यारहवीं क्लास में थे तुम, है न? और जब तुम्हें हॉस्टल वॉर्डन मिस लीजा ने अपने बाथरूम की खिड़की से तुम्हें झाँकते हुए देख लिया था, तब तो शायद तुम एट्थ या नाइन्थ स्टैंडर्ड में ही रहे होंगे। तुम्हारे हर काण्ड के बाद केतन के गिड़गिड़ाने ने तुम्हें बचाया। गोम्स मुझे कितनी बार बोला, केतन का फिर फ़ोन आया। रो–रो कर कह रहा था, फ़ादर प्लीज़, सेव माय सन। वह बुरा नहीं है, बस सिचुएशन ही कुछ ऐसी है। उसे माफ़ कर दीजिए वह नादान है। मैं उसकी ओर से माफ़ी माँगता हूँ। ओह माय लॉर्ड, एक बाप में इतना सब्र कैसे हो सकता है!'

जेनी की आँखों में आँसू तैरने लग गये थे। नीरव कटे हुए पेड़ की तरह जड़ हो चुका था। एकदम सुट्ट...जेनी की भर्रायी आवाज़ सुनकर रोने का मन कर रहा था। जेनी अनजाने में उसकी ज़िन्दगी का वह सच बता रही थीं, जिससे वह ख़ुद सबसे ज़्यादा अनजान रहा। ड्राइंग रूम में यकाएक ख़ामोशी छा गयी। कुछ देर जेनी कुछ नहीं बोलीं, फिर उठकर अन्दर चली गयीं। कुछ देर बाद लौटीं तो उनके हाथ में टैब था।

'एक आख़िरी कोशिश कर लूँ। तब एस्ट्रोलॉजी की कोई समझ नहीं थी। आजकल इससे कंसल्टेशन में बहुत हेल्प मिल जाती है। अपनी बर्थ डिटेल्स बताओ। तुम्हारी कुण्डली देखते हैं।'

'10 फ़रवरी, 1986, 6:25 सायं, मुम्बई।'

डाटा एण्टर करते हुए जेनी की उँगलियाँ अचानक रुक गयीं। उन्होंने टैब साइड में रखकर नीरव की तरफ़ देखा।

'तुम 1986 में पैदा हुए हो क्या? ओह गॉड, इट्स योर 'सेटर्न रिटर्न'। बिना कुण्डली देखे मैं यह दावे के साथ कह सकती हूँ कि तुम्हारी लाइफ़ में बहुत उथल–पुथल चल रही होगी इन दिनों।'

शनि का नाम सुनकर नीरव फिर चौंक उठा। उस पर हैरत यह है कि बिना कुण्डली देखे जेनी ने मन का हाल बता दिया था। उसकी जिज्ञासा और जाग गयी।

'सेटर्न रिटर्न मतलब?'

'वेस्टर्न एस्ट्रोलॉजी का एक टर्म है सेटर्न रिटर्न। यहाँ साढ़े साती से लोग डर जाता है, वहाँ सेटर्न रिटर्न का हौआ है। 29.5 साल बाद शनि जब कुण्डली में अपनी जगह वापस आता है, उसे ही सेटर्न रिटर्न कहते हैं। हर किसी की लाइफ़ में तीन बार सेटर्न रिटर्न होता है। पहली बार इसका असर 27 से 32 साल की उम्र तक रहता है। दूसरी बार जब इन्सान रिटायरमेंट के आस–पास होता है और फिर लकी रहे तो तीसरी बार 85 की उम्र के आस–पास। उम्र के ये पड़ाव वैसे भी बदलाव से भरे होते हैं। बस इन्सान बेवजह डर जाता है। 1986 में शनि स्कॉर्पियो में था और ऐट प्रजेंट ट्रांजिट में भी शनि वृश्चिक में ही है। तुम्हारे लिए शनि का एक सर्कल पूरा हो रहा है।'

टैब में डाटा एण्टर हो चुका था। हॉल एक बार फिर जेनी की भारी आवाज़ से गूँज रहा था। नीरव की उत्सुकता इसलिए बढ़ती जा रही थी कि अगर जेनी भी उसका हॉरोस्कोप देखकर भाग्योदय का इशारा कर दें तो वह पूरी तरह निश्चिन्त हो जायेगा, लेकिन जेनी उसका हॉरोस्कोप देखने की बजाय शनि के बारे में समझाये चली जा रही थीं।

'तुम्हारी मून साइन एक्वेरियस है। शनि की राशि है। देखो, सबसे पहले तुम्हारा बेसिक क्लीयर कर देते हैं। शनि क्रूर इसलिए है, क्योंकि मैनुपुलेट नहीं होता। वह एक टीचर बनकर लाइफ़ का सबक़ सिखाता है। वह मैनुपलेट नहीं होता, मतलब उसे आप ख़ुश या नाराज़ नहीं कर सकते।'

शनि के बारे में पूरी भूमिका जमाने के बाद जेनी ने हाथ में टैब उठा लिया। उनकी नज़रें नीरव की कुण्डली के बारह ख़ानों की थाह लेती दिखीं–

'पहली बात तुम अपने सेटर्न रिटर्न से होकर गुज़र रहे हो। उस पर तुम्हारी शनि की दशा भी चल रही है। नम्बर 3 कुम्भ राशि की वजह से यू आर प्रिविलेज़्ड, लेकिन सेटर्न रिटर्न तो अपना काम करेगा ही, यानी शनि जब तक वृश्चिक में रहेगा, तुम्हारी ज़िन्दगी में आये दिन नये बदलाव होते रहेंगे। बस ये समझ लो, तुम दुबारा पैदा होने वाले हो। अब तुम पैदा होकर क्या बनना चाहते हो, यह तुम पर है। ख़ुद अपने प्रति ईमानदार रहे तो सेटर्न रिटर्न में वह सब मिलेगा, जिसके लिए तुम बने हो और कन्फ्यूज़ हुए तो चाहतों के पीछे भागते रहोगे ज़िन्दगी भर।'

'और भाग्योदय?' नीरव के मुँह से बड़ी मुश्किल से फूटा।

'नीरव, माँ का सुख तुम्हें नहीं मिला। बस यही तुम्हारा दुर्भाग्य है। इसके अलावा तुम्हारे भाग्य में कोई कमी नहीं। जिस दिन तुम यह बात समझ जाओगे, तुम्हें लगेगा कि तुम्हारा भाग्योदय हो गया।' इतना कहकर जेनी ने गहरी साँस ली।

'लेकिन एक पाण्डेय जी हैं, उन्होंने मुझे कहा कि 21 मई से पहले तुम्हारी लाइफ़ में एक लड़की आयेगी और उसके आने के बाद तुम्हारा भाग्योदय होगा। क्या आपको भी मेरी कुण्डली में भाग्योदय जैसा कुछ नहीं दिखा?' नीरव ने आख़िरकार वह पूछ लिया, जिस सवाल पर उसका मन अटका था।

'मैं ऐसे प्रिडिक्शन नहीं करती। जवान लड़के–लड़कियों की ज़िन्दगी में रोज़ नये लोग टकराते हैं। यहाँ तक कि शादीशुदा लोगों की ज़िन्दगी में भी टकराते हैं। पता नहीं, उन्होंने क्या रीड किया। मैं नहीं कहती कि वे ग़लत हैं और मैं सही हूँ, लेकिन सबसे अच्छा तरीक़ा है कि लाइफ़ में वही चुनना चाहिए, जो बिल्कुल भीतर से महसूस हो। मैंने रागिनी पर आज तक अपना कोई डिसीजन नहीं थोपा। यहाँ तक कि वह एस्ट्रोलॉजी में भी विश्वास नहीं करती। मैंने उसे उस पर छोड़ रखा है। उसे जो करना है, करे। जो चुनना है, चुने, लेकिन पूरी ईमानदारी से। तुम्हें भी वही कहूँगी ईमानदारी से महसूस करो और ईमानदारी से ज़िन्दगी का रास्ता चुनो, बस। इट्स सो सिम्पल।'

नीरव अगले सवाल की हिम्मत जुटा पाता, उससे पहले जेनी उठीं और वहाँ से जाने लगीं।

'बातों में वक़्त का पता ही नहीं चला। सच नीरव, मैं तुम्हारे लिए बहुत ख़ुश हूँ। केतन का ध्यान रखना। वह बिल्कुल एक सेंट की तरह है। उस पर किसी पाप की छाया नहीं है। दुनिया में ऐसे लोग बहुत कम होते हैं। तुम ख़ुशक़िस्मत हो कि तुम्हारे पास केतन कान्त जैसा पिता है। अच्छा, फिर मिलेंगे। गुडनाइट।'

जेनी हॉल से गयीं, तब घड़ी साढ़े ग्यारह बजा रही थी। उनके जाने पर रागिनी नीरव को लिफ़्ट तक छोड़ने आयी।

'तो कैसी लगी मेरी मॉम?' रागिनी ने पूछा।

'तुमसे भी अच्छी। उनके दिल में सबके लिए बहुत प्यार है।' नीरव ने तटस्थता दिखाते हुए कहा।

'वैरी ट्रू, मुझसे बस यह प्यार–व्यार नहीं होता। बहुत छोटा दिल है मेरा।' रागिनी ने मुस्कुराते हुए बात आगे बढ़ा दी।

'किसी अच्छे आदमी से इलाज़ करवाओ। प्यार के बिना दिल बेकार होता है।' नीरव शरारत से बोला।

'हाँ, पर कोई अच्छा इन्सान इतनी आसानी से कहाँ मिलता है। जब मिलेगा, तब देखेंगे, अभी इस बेकार दिल से ही काम चलाना पड़ेगा।'

कहते हुए रागिनी हँस पड़ी, जैसे नीरव को अपनी बात कहने का स्पेस दे रही हो। नीरव ने आगे कहना चाहा, उसके होंठ हिले–

'मैं... ।'

और बीप जैसी किसी आवाज़ ने उसके स्वर को दबा दिया। लिफ़्ट ग्यारहवें माले पर आकर रुक गयी थी। रागिनी ने हाथ हिलाकर बाय का इशारा किया। नीरव ने मजबूरन सीयू देन, गुडनाइट कहा और लिफ़्ट के अन्दर चला गया। उसे अपनी विवशता पर विश्वास नहीं हुआ। लड़कियों के मामले में वह इतना नर्वस कभी नहीं रहा।

वह तभी कमज़ोर क्यों पड़ रहा है, जब उसे लड़की पटाने के अपने हुनर की सबसे ज़्यादा ज़रूरत थी? उसे कौन रोक रहा है? दरवाज़ा बन्द हुआ, लिफ़्ट नीचे की ओर चल पड़ी। हाथ लिफ़्ट के स्विच पैनल की ओर बढ़ा। उसे लगा स्विच दबाकर वह तुरन्त लिफ़्ट रोक दे। भीतर से आवाज़ आयी, आज नहीं तो कभी नहीं। अगर वह अभी के अभी प्रपोज़ करने से चूक गया तो ऐसा शानदार मौक़ा दुबारा कभी नहीं आयेगा, लेकिन वह चाह कर भी रिटर्न नहीं हो पाया। हो सकता है सेटर्न रिटर्न शायद उस रात नीरव की कुण्डली में पूरे ज़ोर पर रहा हो...

क़िस्सा क़िस्मत का

वर्सोवा से कान्दिवली, ठाकुर विलेज तक के सफ़र में रात और जवान हो गयी थी। बारह बजे के क़रीब वह अपने अपार्टमेंट के गेट पर पहुँचा। बुलेट की आवाज़ सुनकर गार्ड दौड़ा चला आया।

'बहुत गड़बड़ हो गयी साहब, बड़े साहब घर पर नहीं हैं। एम्बुलेंस में हॉस्पिटल गये हैं।' गार्ड ने हड़बड़ाते हुए कहा।

'क्या हुआ पापा को? वे ठीक तो हैं?' नीरव किसी बुरी आशंका से घिर गया।

'हाँ, बड़े साहब ठीक हैं। बहुत देर पहले उस बग़ल वाली लड़की को लेकर हॉस्पिटल गये हैं। आज उसने डिप्रेशन में अपने हाथ की नस काट ली।' गार्ड बोला।

'कौन? वह सुपर्णा?' नीरव ने पूछा। तब तक गार्ड हड़बड़ी छोड़ ख़ुद को एक रिपोर्टर की तरह मौक़ा–ए–वारदात का आँखों देखा हाल बताने के लिए तैयार कर चुका था,

'हाँ, आपके बाजू वाले फ़्लैट की किरायेदार सुपर्णा वर्मा। साहब शाम को पार्क में घूमकर लौटे तो उन्होंने सुपर्णा की कार देखी। मुझसे पूछा, सुपर्णा आज काम पर नहीं गयी क्या? मैं बोला मैडम तो दोपहर में ही आ गयीं। उन्होंने ऊपर जाकर बहुत खटखटाया। उसने दरवाज़ा नहीं खोला तो साहब को शक हुआ कि कहीं कुछ गड़बड़ तो नहीं। सोसाइटी के लोगों को बुलाकर ताला तुड़वाया, दरवाज़ा खोला तो सुपर्णा मैडम सामने

में बेहोश मिलीं। बहुत ख़ून बह गया था। साहब ने ही एम्बुलेंस बुलवाई और उसे हॉस्पिटल ले गये। अभी घण्टे भर पहले फ़ोन आया था। बोले चिन्ता की बात नहीं, डॉक्टर कह रहे हैं कि अब वह बच जायेगी। साहब ने आपके बारे में पूछा, फिर बोले नीरव को बता देना वरना उसे चिन्ता होगी।'

नीरव की असली चिन्ता यह सब सुनकर शुरू हुई थी। उसे अन्दाज़ा था कि सुपर्णा जैसी झल्ली सुसाइड एटेंप्ट कर सकती है, इसीलिए वह उससे दस हाथ दूर रहता था। क्या पता हँसकर हाय बोलने का भी कोई और मतलब निकाल ले। उसे एक बार फिर लड़कियों को लेकर अपनी समझ पर फ़ख्र महसूस हुआ, लेकिन वह कितने मोर्चों पर एक साथ लड़े? नौकरी से लेकर भाग्योदय वाली छोकरी तक उसकी ज़िन्दगी में टेंशन की भला कोई कमी रह गयी थी, जो ठरकी बाप का ये नया क़िस्सा शुरू हो गया। नीरव भूल चुका था कि अभी घण्टे भर पहले ही जेनी ने उसे केतन की अच्छाई के बारे में बहुत कुछ बताया है, पर पुराने पाप का वह दाग़ एक धुलाई में कहाँ से चला जाता। वह अन्दाज़ा लगा रहा था कि असल में हुआ क्या होगा। ज़रूर उसके ठरकी बाप ने चारा डाला होगा और चिड़िया फँस गयी। वह अधेड़ सुपर्णा तो वैसे भी कोई पार्टनर ढूँढ़ रही थी। इस उम्र में कोई और कैसे मिलेगा? फिर उसने लगायी होगी शादी की रट। न बोलने पर काट ली कलाई। फ़्लैट का ताला खोलने तक नीरव तय कर चुका था कि बस बहुत हो गया। अब वह इस ठरकी इन्सान के साथ एक छत के नीचे नहीं रहेगा।

तभी मेन डोर का इण्टरलॉक खड़का। दरवाज़ा खुला। केतन ने भीतर आकर अपना स्लिंग बैग कबर्ट में रखा और बाथरूम की ओर बढ़ गये। लौटने पर नीरव का तंज़ भरा सवाल गूँज उठा–

'सुपर्णा से फ्री हो गये आप?'

'हाँ, अब वह ऑउट ऑफ़ डेंज़र है। देखभाल के लिए उसके कोई रिश्तेदार आ गये हैं, इसीलिए फ्री होते ही लौट आया।' केतन ने नीरव की आँखों में आँखें डालकर जवाब दिया।

'तो अब मुझे भी फ्री कर दो। मैं इस घर में नहीं रहना चाहता।' नीरव बोला।

बिना एक पल गँवाए केतन का जवाब आया, 'ठीक है।'

एक–दो मौक़ों को छोड़ केतन बहसबाज़ी की नौबत टाल जाते थे। 'ठीक है' कहकर उन्होंने बहस की गुंजाइश बढ़ा दी थी। बस नीरव फट पड़ा।

'मैं चला जाऊँ तो फिर रहो सुपर्णा या जिसके भी साथ रहना है।' कहते हुए नीरव सोफ़ा सेट से उठ खड़ा हुआ। जल्दबाज़ी में आधे घण्टे से उसके सीने पर रखा कविता की तस्वीर वाला फ़ोटो–फ्रेम गिर गया। काँच टूटने की आवाज़ जैसे मन की गहराइयों तक गूँज गयी और बहुत–कुछ टूट रहा था, जिसकी आवाज़ सुनायी नहीं दी।

'मुझे अन्दाज़ा है, तुम्हारे मन में क्या चल रहा है।' केतन बोले।

'हाँ, मैं बहुत दुखी हूँ। मेरे दुख की असली वजह, माँ के सारे दुखों की जड़ आप नहीं तो कौन है? देख लिया, शनि की तरह जिस पर नज़र जाती है, उसका बर्बाद होना तय है। शनि से कौन से कम हो। अब मैंने भी सोच लिया कि शनि की छाया से भी दूर रहने में भलाई है।'

नीरव काँच के टुकड़े समेटते हुए बड़बड़ाये जा रहा था। केतन चाहते तो हमेशा की तरह उसे अनाप–शनाप बकता छोड़कर अपने कमरे में या कहीं और जा सकते थे, पर उन्होंने ऐसा नहीं किया। उन्होंने नीरव के पास आकर बैठते हुए कहा–

'तुमने ज्योतिष के चक्कर में पड़कर मेरी बहुत बड़ी मुश्किल हल कर दी। अब तुम शायद वह समझ जाओ, जो 18 साल से तुम्हारे लिए समझना ज़रूरी था। एक मिनट रुको...'

'प्लीज़, मुझे नहीं सुनना–समझना कुछ भी।' नीरव ने केतन को इग्नोर करते हुए कहा।

केतन ने उठकर अपने कमरे की ओर जाते हुए मुड़कर नीरव से इतना ही कहा, 'तुम जानना चाहते थे न कि मैं तुम्हारी माँ से शादी क्यों नहीं करना चाहता था? ये भी कि क्या कविता को मैंने जान–बूझकर मरने के लिए छोड़ दिया। ऐसे और भी सवाल होंगे। तुम्हें आज सब बातों का जवाब मिलेगा। हद है, एक तो वह पागल है, ऑफ़िस के फ्रस्ट्रेशन में उसने अपने हाथ की नस काट ली। उस पर तुम्हारे दिमाग़ में 18 साल से वही गोबर भरा है। अब तो बड़े हो जाओ।'

वह रात नीरव के लिए किसी प्रलय जैसी रात साबित होती जा रही थी। बचपन से यक्ष प्रश्न लगने वाले सवालों का पिटारा दुबारा खुल रहा था। घण्टे भर पहले जेनी से डाँट सुनकर उसे कुछ होश आया और अब उम्मीद के विपरीत केतन भी हण्टर उठाने वाली मुद्रा में बात कर रहे थे, जैसे कोई उसकी स्क्रूटनी कर रहा हो। कुछ देर बाद केतन फ़ाइलों का बण्डल लेकर वापस ड्राइंगरूम में लौटे। सेंट्रल टेबल पर उसकी पुरानी फ़ाइल फिर खुली पड़ी थी। मानो उसका केस रिओपन हो गया था। पहले केस की फ़ाइल पर नाम की जगह लिखा दिखा, 'पंचगनी'। वह फ़ाइल साइड में रखकर केतन बोले–

'चलो, तुम्हें बता ही दिया जाये कि ज़िन्दगी–भर बैंक की नौकरी करने के बावजूद तुम्हारा बाप इतना ग़रीब क्यों है।' इतना कहकर उन्होंने नीरव के हाथ में कविता की मेडिकल रिपोर्ट्स की फ़ाइल थमा दी। फ़ाइल हद से ज़्यादा मोटी थी, नानावटी, लीलावटी, ब्रिज कैंडी और जसलोक हॉस्पिटल की सैकड़ों रिपोर्ट्स और डॉक्टर्स के प्रिस्क्रिप्शन से फ़ाइल लदी पड़ी थी। नीरव उस फ़ाइल के डॉक्यूमेंट उलट–पलटकर देखता रहा। तय है ग्यारह साल की उम्र में उसने यह सब देखा होता, तब भी उसे कुछ समझ नहीं आने वाला था। केतन ने कविता को लिखे और कविता से मिले पत्रों की फ़ाइल भी नीरव की तरफ़ बढ़ा दी। नीरव पत्रों के कुछ हिस्से पढ़कर हीनता और दीनता के भावों के बीच झूलता रहा। माँ की डायरी में बुकमार्क की तरह खोंसे हुए जो दो–तीन लैटर उसने ग्यारह साल की उम्र में पढ़े थे, अब वह उन्हें दुबारा पढ़ रहा था। 'मैं तुमसे शादी नहीं कर सकता।' इस एक पहले वाक्य के अलावा हर शब्द, हर वाक्य गहरे प्यार में गुँथा हुआ था। वह सोचता रहा कि बचपन में बड़ों की बातें समझने की कोशिश उसके लिए महँगी पड़ गयी है, लेकिन बस इतना ही काफ़ी नहीं था। हॉल का सन्नाटा तोड़कर केतन जब आगे बोले तो उसके पैरों तले से ज़मीन खिसक गयी।

'सच बताऊँ, मुझे शादी के पहले से डर और एक आशंका थी कि कविता मुझे बीच रास्ते में छोड़कर चली जायेगी, इसलिए मैं कविता से शादी नहीं करना चाहता था।' केतन की आँखों में भावुकता तैरने लग गयी थी। उनकी आवाज़ कुछ–कुछ भर्राने लगी थी। खाँसकर उन्होंने गले का सुर वापस पकड़ा और आगे बोल उठे।

'एक ज्योतिषी ने मेरी कुण्डली देखकर बताया था कि मेरा सप्तम भाव कमज़ोर है। सप्तम भाव का स्वामी भी कुण्डली में ख़राब है, इसीलिए या तो मेरी शादी ही नहीं होगी, हुई तो टूट जायेगी। हो सकता है, पत्नी छोड़कर चली जाये या फिर शायद उसके साथ अनहोनी जैसा कुछ हो ही जाये। और देखो मुझसे शादी करने की वजह से उसकी जान पर बन आयी। बस इसीलिए कविता को लिखे उन दो–चार पत्रों में मैंने उससे शादी करने से इनकार किया था। हाँ, तुम सही समझते रहे कि कविता की मौत का ज़िम्मेदार मैं हूँ, पर मैं उस समय तुम्हें यह सब बताता तो क्या तुम समझ पाते?' कहते हुए केतन की आँखें छलक रही थीं। नीरव को लगा, वे अभी सुबक पड़ेंगे, लेकिन फिर नाक सुड़ककर आगे कहने लगे–

'अब तुम्हें इसलिए बताने की हिम्मत कर पाया हूँ, क्योंकि तुम भी ज्योतिष के चक्कर में हो। मेरा तजुर्बा है कि क़िस्मत का ये सारा क़िस्सा एक बहुत ख़राब चक्कर है। होती होगी ज्योतिष कोई विद्या। कुछ लोग सचमुच पढ़ भी पाते होंगे लोगों का भविष्य, पर जो होना है, वह होकर ही रहता है। उसे कोई नहीं बदल सकता। सिर्फ़ कविता जैसे कुछ लोग होते हैं, जो सब बदल देते हैं। क़िस्मत से भी भिड़ जाते हैं, चाहे वह क़िस्मत किसी और की ही क्यों न हो।'

केतन एक गहरी साँस लेने के लिए रुके। नीरव अब भी साँस थामे उनकी बातें सुन रहा था। वे बातें, जो शायद उसके कानों में पहले पड़ी होतीं तो उसने 18 सालों तक अपने पिता की यूँ उपेक्षा न की होती। केतन के गले की ख़राश ने उसे फिर अलर्ट कर दिया।

'तुम्हारी माँ कल्याण में अपने मामा के घर रहती थी। एक दिन वह सबसे लड़कर अँधेरी चली आयी, वह भी कुण्डली की यह भविष्यवाणी वाली बात बताने के बावजूद। मेरा स्टैण्ड वही था–शादी नहीं। मैं उसका जीवन नहीं बिगाड़ना चाहता था, इसीलिए डर रहा था, लेकिन वह एकदम निडर। उसने कहा, इतना मत सोचो केतन। जितने दिन का साथ लिखा होगा, कम–से–कम उतने दिन ख़ुशी से जियेंगे।

'फिर क्या हुआ, पापा?' नीरव ने उत्सुकता से पूछा। वह आवाज़ सुनकर

केतन के कानों को जैसे कोई ठण्डक मिली थी। ग्यारह साल की उम्र के बाद से बेटे की आवाज़ में यह रोमांच उन्होंने नहीं देखा था। उनकी आँखों में चमक आ गयी थी, वे आगे बोले–

'उस ज़माने में 'लिविंग इन' की बात कोई सोच सकता था क्या? तुम्हें क्या शायद किसी को यक़ीन नहीं होगा। शादी करने पर ख़तरा था, नहीं करने पर नहीं। हमने बिना शादी के साथ रहने का फ़ैसला कर लिया। ख़ैर, मैं क्या ख़ाक फ़ैसला करता! यह फ़ैसला भी कविता का ही था। उसकी डेयरिंग देखकर मेरी हिम्मत बँधती गयी। हर लड़की की तरह उसका भी सपना दुल्हन बनने का था। वर्सोवा की जिस पुरानी सोसाइटी में हम रहा करते थे, वहाँ भी लोग बातें करने लग गये थे, इसीलिए सात–आठ महीने 'लिविंग इन' में रहने के बाद आख़िरकार हमने शादी कर ली। कविता अपने मौत के डर को हरा चुकी थी तो भला मैं क्यों उस डर में फँसा रहता। मैंने भी सारी हिम्मत जुटाकर इस ज़िन्दगी को गले लगा लिया। आख़िरी वक़्त तक न कविता को अपने निर्णय पर रिगरेट हुआ, न मुझे है। लड़ते–झगड़ते अपनी मैरिज एनिवर्सिरी की गोल्डन और डायमण्ड जुबली मनाने से ज़्यादा अच्छे थे वे 13 साल, जो हमने साथ गुज़ारे। उस साथ में मिला प्यार और सुख याद करते हुए अगर मेरी आँखें बन्द होंगी तो मुझे नहीं लगता कि मरते वक़्त किसी अधूरेपन का एहसास बाक़ी रह जायेगा।'

वह केतन की आँखें लगातार पढ़ रहा था। उनकी आँखों में कोई झूठ नहीं था। उसे ध्यान आया पंचगनी में काउंसलिंग के दौरान भी केतन सुबकते हुए यही कह रहे थे, 'नीरव अभी बच्चा है, उसे समझ नहीं आयेगा। रिलेशनशिप्स में अक्सर ऐसी बातें होती हैं, जब इन्सान कन्फ्यूज़ हो जाता है। जब नीरव बड़ा होगा, तब उसे रिश्तों की उलझनें समझ आयेंगी।' और बदले में उसने गुस्से से क्या कहा था...'बास्टर्ड।' अब वह शब्द उसके कानों में गूँज कर ग्लानि दे रहा था। तभी केतन की आवाज़ हॉल में दुबारा गूँजी–

'मैंने कम्प्लीट मैन वाली कम्प्लीट लाइफ़ जी है। बस यही एक अधूरी चाहत बाक़ी रह गयी थी कि कम–से–कम मेरा बेटा मुझे ग़लत न समझे। तुम कविता की मौत का मुझे जितना ज़्यादा ज़िम्मेदार मानते हो, उससे शादी करके मौत के मुँह में ढकेलने का उतना ही ज़्यादा पछतावा मुझे

होता है।' कहते हुए केतन रो पड़े थे। नीरव डबडबायी आँखों से उन्हें दिलासा देता रहा, कब उसका स्पर्श आत्मीय होता चला गया, कब उसने केतन को बाँहों में भर लिया, उसे ध्यान नहीं। शायद बचपन से अब तक छूटा हुआ पिता के आलिंगन का सुख उसे सूद समेत मिल रहा था।

'पापा, मैं भी एस्ट्रोलॉजी के मामले में कन्फ्यूज़ हो गया हूँ। आप बताओ मैं क्या करूँ?'

'नहीं, तुम ख़ुद तय करो। भीतर की आवाज़ सुनकर तय करोगे तो कभी पछतावा नहीं होगा। यह भी मैं अपने तजुर्बे से कह रहा हूँ।' केतन ने उसके सिर पर हाथ फेरते हुए कहा और अपने कमरे की तरफ़ चले गये। नीरव ने महसूस किया, केतन के हाथ का स्पर्श कुछ जादू जैसा था। इतने सालों तक ख़ुद को उस हीलिंग टच से वंचित रखने का उसे पछतावा हो रहा था। तब तक रात के डेढ़–दो तो बज गये थे। नींद का नशा उसकी आँखों में उतर रहा था। वह अब सोना चाह रहा था। एक निश्चिन्त नींद, लेकिन हाथ में इतने ताम–झाम के साथ चैन की नींद कहाँ आने वाली थी। पहले रिस्ट वॉच उतारी और फिर कुछ क्षण सोचने के बाद उसने अँगूठियाँ उतारकर सिरहाने रख दीं...।

तो फिर किसे मिला 'किस'

वह शुक्रवार का दिन था। तारीख़ 29 मई, 2015। ऑफ़िस में उस दिन साल का सबसे बड़ा धमाका हुआ, यानी अपरेज़ल। रागिनी से अपना इंक्रीमेंट लैटर लेते हुए नीरव सोच रहा था, कॉरपोरेट–वर्ल्ड में अपरेज़ल का ऐलान अक्सर शुक्रवार के दिन ही क्यों होता है? शायद दफ़्तरों का एच.आर. डिपार्टमेंट इन्सानी फ़ितरत अच्छी तरह समझता है कि बुरे से बुरे इन्क्रीमेंट की मायूसी में कोई ज़्यादा–से–ज़्यादा एक या दो दिन मातम मनायेगा, उसके आगे नहीं। ज़िम्मेदारियों का बोझ दो दिन बाद सबको वापस ऑफ़िस तक खींच ही लाता है। क्या इसी वजह से इंक्रीमेंट का बन्द लिफ़ाफ़ा खोलते हुए हर नौकरीपेशा इन्सान का दिल डीज़ल इंजन की तरह धकधकाने लग जाता है? नीरव का दिल पता नहीं क्यों इस बार अपरेज़ल का लैटर खोलते हुए ज़रा भी असामान्य गति से नहीं धड़का। हालाँकि उसके डेजिगनेशन में 'सीनियर' जुड़ गया था, नीरव कान्त, सीनियर सॉफ़्टवेयर डेवलपर।

अँगूठियाँ छूट गयी थीं। फिर भी ज़िन्दगी की रफ़्तार जस की तस थी। नीरव ने महसूस किया, भविष्य में झाँकना 'परमिटेशन कॉम्बिनेशन' की थ्योरी जैसा है। एकदम प्रॉबेबिलिटी की थ्योरी। नौकरी है तो देर–सबेर प्रमोशन भी होगा। कब होगा, होगा नहीं होगा, ऐसे सवालों के दो ही जवाब हो सकते हैं। ज्योतिषी के पास भी वही दो विकल्प तो होते हैं। कितना आसान है, तुक्का सही होने की सम्भावना 50 परसेंट वैसे भी हो जाती है। लड़का है तो उसे प्यार होगा, प्यार हुआ तो बात शादी तक जायेगी या नहीं जायेगी, शादी हुई तो बच्चे भी होंगे या फिर नहीं होंगे,

ज़्यादातर मामलों में विकल्प दो ही होते हैं। अगर ज़्यादा हुए तो किसी क्विज़ गेम शो की तरह ज़िन्दगी भी फिफ्टी–फिफ्टी वाली लाइफ़लाइन का ऑप्शन दे ही देती है। फिर शिद्दत से करने पर चीज़ों के न होने की जब बहुत थोड़ी–सी सम्भावना है तो फ़ालतू की आशंकाओं में ख़ून जलाकर ख़ौफ़ खाने का क्या फ़ायदा! मन में सवाल कई थे और उसने महसूस किया कि अब वह हर मामले में सिर्फ़ बीच में खड़ा नहीं रह गया है। बस सिर्फ़ एक मामले में वह अभी भी त्रिशंकु बना हुआ था। सवाल था रागिनी या अर्पिता? यह भी कोई ग़ज़ब इत्तिफ़ाक़ था, शैतान के बारे में सोचा और शैतान हाज़िर।

'लाओ, मुझे भी दो मेरा इंक्रीमेंट लैटर।'

अर्पिता रागिनी से ठसक के साथ अपना अपरेज़ल लैटर माँग रही थी। दिल्ली के ट्रिप से रिटर्न होने के बाद फिर सामने खड़ी थी। एयरपोर्ट से सीधे ऑफ़िस आकर उसने अपना इंक्रीमेंट लैटर माँगा और खोलकर पढ़ने लगी। उसका बच्चों जैसा एक्साइटमेंट सबका ध्यान खींच रहा था। नीरव ठीक छह बजे ऑफ़िस की एक्जिट पर बुलेट के साथ तैयार खड़ा था। अपना ट्रॉलीपुल बैग खींचते हुए जैसे ही अर्पिता वहाँ पहुँची, बिना एक पल गँवाये नीरव बोल पड़ा–

'हे अर्पिता, ऑटो मुश्किल से मिलेगा। चलो घर तक छोड़ दूँ। इतना सारा लगेज लेकर घर कैसे जाओगी।'

अर्पिता ने ठिठककर नीरव की ओर देखा। नीरव से उसे इसकी उम्मीद नहीं थी। उसने नीरव की आँखों में झाँका। गहराई का पता अब भी नहीं चल रहा था। वह इतना ज़रूर देख पा रही थी कि नीरव के बोल उसकी आँखों की भाषा से मेल खा रहे हैं, लेकिन तब तक वह काफ़ी कुछ सँभल चुकी थी।

'न भई, लोगों के मिज़ाज का क्या भरोसा! कहीं बीच रास्ते में उतार दिया तो? तब ज़्यादा मुश्किल होगी। मैं ऐसे ही ठीक हूँ, चली जाऊँगी ऑटो से।'

इतना कहकर अर्पिता मेन रोड की ओर बढ़ गयी। बाइक भी स्टार्ट हुई और उसके पीछे बढ़ चली।

'सच, मैं घर तक छोड़ दूँगा। परछाईं साथ छोड़ देती होगी, पर नीरव कान्त जब साथ चलने का वादा करता है तो फिर बीच में नहीं छोड़ता। तुम कहो तो वादा भी कर दूँ।'

अर्पिता ने नोटिस किया, नीरव उसी की भाषा बोल रहा है। वह कोई फ़ैसला कर पाती, उससे पहले नीरव ने अपनी बात अलग तरह से दोहरा दी–

'अच्छा, इतना भाव खाना है तो फिर रहने दो, मैं चलता हूँ।' अबकी बार नीरव ने जो कहा, वह नीरव का अन्दाज़ था। अपनी बात पूरी करके नीरव ने बुलेट की स्पीड बढ़ा दी।

'नीरव सुनो...'

अर्पिता की आवाज़ से नीरव रुका, जैसे उसे रुकना ही था। उसने मुड़कर पीछे देखा, अर्पिता के चेहरे पर अब भी बच्चों की तरह नखरे तैर रहे थे।

'अच्छा चलो, तुम्हारे साथ ही चलती हूँ, लेकिन एक शर्त पर। आज तुम्हें मेरे हाथ की कॉफ़ी पीनी पड़ेगी।'

'सिर्फ़ कॉफ़ी या कुछ और भी?' नीरव के जवाब में शरारत घुली हुई थी।

अर्पिता ने आँखें तरेरकर उसे देखा। जैसे कह रही हो, 'अच्छा बच्चू, हमारे फण्डे हमी पे।' उसके कन्धे पर एक प्यार भरी चपत लगाते हुए अर्पिता बुलेट पर सवार हो गयी। बाइक ने वापस रफ़्तार पकड़ ली। नीरव ने महसूस किया कि उसकी बाइक आरे कालोनी के घुमावदार रास्तों पर नहीं, बल्कि शनि के वलय पर दौड़ रही है। उसके मन में अचानक एक ख़याल कौंधा, क्या सचमुच उसके इस प्यार पर शनि की टेढ़ी नज़र पड़ रही होगी? क्या शनि सचमुच उनका प्यार वापस परवान चढ़ते देख रहा होगा? अगर अभी के अभी वह अपनी राजकुमारी को चूमने की कोशिश करे तो क्या शनि उसे रोक पायेगा?

शाम गहराने लगी थी। अँधेरा घिर रहा था। आरे लेक के चारों ओर रोशनी का घेरा जगमगाने लगा था। नीरव ने छोटा कश्मीर कहे जाने वाले उस इलाक़े में पहुँचकर बुलेट आरे लेक की ओर मोड़ दी। झील के किनारे एक सुनसान जगह पर जाकर बाइक रुकी। लेकिन यह क्या! अर्पिता ने अचानक लगेज बैग नीचे रखा और बाइक से उतरने के बाद

लैग–गार्ड पर पैर रखकर फिर बाइक पर चढ़ गयी। हवा में लहराते हुए उसका दायाँ पैर बाइक की दूसरी ओर पहुँच गया। अब वह फ्यूल टैंक पर थी। ठीक नीरव के सामने।

अर्पिता की साँसें नीरव को तपा रही थीं। अर्पिता ने देखा नीरव 'ब्लश' कर रहा है। नीरव का चाँद जैसा उजला चेहरा अब गुलाबी हो चला था। बिना देर किये उसने अपने होंठों से नीरव के चेहरे का गुलाबी रंग बटोरना शुरू कर दिया। अर्पिता के गुलाबी होंठों की थिरकन नीरव के भीतर कम्पन पैदा कर रही थी। अपने सूखे होंठों पर अर्पिता के रस–भरे अधरों का स्पर्श मिलते ही उसने आँखें मूँद लीं। यह एक प्ले–ब्वॉय का समर्पण था, जबकि अर्पिता लीड कर रही थी। कुछ देर बाद नीरव ने आँखें खोलकर देखा, अर्पिता की साँवली सूरत प्यार की तपिश से चॉकलेटी हो गयी थी। होंठों के मिलन में धीरे–धीरे बाक़ी देह शामिल हो रही थी। जीभ के शामिल होते ही वह स्वाद–आस्वाद से परे चला गया। मदहोशी के बावजूद वह पल भर रुका। शायद ग़ौर करने के लिए कि क्या वाक़ई शनि अब भी अपनी टेढ़ी नज़र से उन्हें देख रहा होगा? अगर हाँ, तो शनि उसे प्यार करने से रोक क्यों नहीं रहा?

उसे याद आया, रघु ने शनिवार के दिन बाइक की डिलीवरी लेने से मना किया था। तो क्या लोहे की यह बाइक ही शनि का ही रूप है? जब तक वह शनि महाराज के प्रति आदर का भाव दर्शा पाता, अर्पिता किसी रोमांच की लहर में फ़्यूल टैंक से उठी और धम्म से उसकी गोद में बैठ गयी। आवेग के उन पलों में वह ख़ुद को रोक नहीं पाया। फिर वह भी बह गया। उन दोनों के नीचे दबे बैठे शनि दो पागल हो रहे प्रेमियों के चंगुल में फँसे तड़प रहे थे। शनि के ऊपर सवार दोनों एक–दूसरे पर प्यार के वार कर रहे थे। नीरव भूल नहीं पा रहा था कि यह शनि की शान में गुस्ताख़ी है। वह शनि का लिहाज़ करना चाहता था, पर नहीं कर पाया। शनि रहम के लिए गिड़गिड़ा रहे थे, जैसे कह रहे हों, बेटा अर्पिता का फ़्लैट ख़ाली है। उसकी रूममेट नन्दिनी एक शो की शूटिंग में फिर लोनावाला खण्डाला गयी है। थोड़ा सब्र कर ले। उसका फ़्लैट यहाँ से महज़ चार–पाँच किलोमीटर दूर ही होगा, उससे ज़्यादा नहीं। क़सम से मैं ख़ुद ले चलता हूँ, तुम दोनों को वहाँ। फिर जो मर्ज़ी कर लेना...

लेकिन प्यार करने वालों ने आज तक किसी की सुनी है, जो नीरव कुछ

सुन पाता? बस उस दिन शनि का ऐसा कचूमर बना कि लगता है, उन्होंने दोनों के प्यार पर टेढ़ी–मेढ़ी नज़र से तौबा कर ली, क्योंकि शनि अगर दुबारा अपनी टाँग अड़ाते तो शायद तीन महीने बाद कान्दिवली ठाकुर विलेज की उस हाउसिंग सोसाइटी में नीरव और अर्पिता की सगाई का शामियाना नहीं सज पाता।

लेकिन भई शनि भी ठहरे शनि। वे भी कहाँ हार मानने वाले थे। नीरव और अर्पिता की सगाई वाले दिन उन्हें अगला शिकार भी मिल गया। यह 21 सितम्बर, 2015 की बात है। दिल्ली से अर्पिता की फ़ैमिली, उसकी रूममेट नन्दिनी, रागिनी सुन्दरम, जेनी और राजू सुन्दरम के अलावा सुपर्णा वर्मा भी उस सगाई की पार्टी में पहुँचे थे। अन्ना तो पूरी की पूरी बारात ही लेकर आ गया था। उसने आते ही केतन को गले लगाया। फिर नीरव की बारी आयी–

'और क्या बोलता नीरव? केके बोला तेरा बराबर नौकरी करने का दिल नयी होता आजकल? बोल क्या करेगा? होटल बिज़नेस में मेरा पार्टनर बनेगा, बोल?'

अन्ना अंकल की बात सुनकर नीरव अवाक् रह गया।

'जल्दी छोड़ ये नौकरी का चक्कर। अभी क्या तू भी अपने बाप के माफ़िक़ ज़िन्दगी भर नौकरी में नाइन टू फाइव करेगा? बोल? फिर अपुन जैसा अंकल होने का क्या फ़ायदा? मैं बड़ा जैक लगा के होटल का अप्रूवल लाया है। नवी मुम्बई में एयरपोर्ट के पास वर्ल्ड क्लास सेवन स्टार होटल बनाने का है। क्या समझा?'

नीरव ने हैरानी से केतन की ओर देखा। उन्होंने कन्धे उचकाये और सारा फ़ैसला एक बार फिर ख़ुद उस पर छोड़ दिया। नीरव ने पल भर सोचा। फिर ज़्यादा सोचने की बजाय अन्ना को हाँ कह दी, यानी अँगूठियों के बिना भी नियति उसे अपने नियत रास्ते पर ले जा रही थी। एक साथ मिली इतनी सारी सौग़ातों के बारे में वह सोच ही रहा था कि जेनी की कही एक बात ने उसके कान खड़े कर दिये। वे केतन से कह रही थीं–

'कांग्रेट्स केतन। फर्स्ट सेटर्न रिटर्न ने नीरव की लाइफ़ सैट कर दी। अच्छा, ये बताओ आर यू 58 बोर्न?'

'हाँ, लेकिन आप यह क्यों पूछ रही हैं?' केतन ने हैरानी जतायी।

'क्योंकि नाव इट्स योर टर्न फ़ॉर सेटर्न रिटर्न। अक्टूबर 2017 से जब शनि धनु राशि में आयेंगे तो ज़रा सँभलकर रहना।' फिर जेनी उन्हें सेटर्न रिटर्न के बारे में बताती रहीं। पास खड़ी सुपर्णा जेनी और केतन की बातें बड़े ध्यान से सुन रही थी। नीरव ने ग़ौर किया, सेटर्न रिटर्न के बारे में सुनने के बाद केतन की ओर देखते हुए सुपर्णा वर्मा की आँखों में अजब–सी चमक आ गयी थी...

आभार

बेटा ईशान, पत्नी मनीषा व हम दोनों के माता–पिता और मेरे स्कूल टीचर श्री नरेश जैन, इन सबके बिना 'शनि : प्यार पर टेढ़ी नज़र' जैसी उलझी प्रेम कहानी समझ से परे रह जाती। रेनु अगाल का हृदय से आभार, जिन्हें इस उपन्यास के बिल्कुल शुरुआती ड्राफ्ट में सम्भावना नज़र आयी थी। उनके बहुमूल्य सुझावों से कई आयामों में ऐल–फैलकर बिखरी इस कहानी को अन्तिम आकार देने में बड़ी मदद मिली। इस यात्रा में सहयोगी रहे सभी मित्रों और शुभचिन्तकों का ज़िक्र यहाँ सम्भव नहीं, आशा है वे विवशता समझ जायेंगे। अनेकानेक सहयोगों के लिए पुण्य प्रसून बाजपेयी, कमर वहीद नक़वी, अम्बिकानन्द सहाय, प्रियदर्शन, अमिताभ श्रीवास्तव, शैलेन्द्र झा, सय्यदैन ज़ैदी और मुकेश कुमार का आभार। हौसला बढ़ाते रहने के लिए आर. चेतन क्रान्ति और रवि बुले जैसे अग्रज मित्रों का शुक्रिया। स्वर्गीय प्रोफ़ेसर ललित कार्तिकेय और स्वर्गीय रवीन्द्र शाह भी अगर यह उपन्यास पढ़ पाते तो मैं इसे अपना सौभाग्य समझता।

इस कहानी की ज़मीन तैयार करने में सहयोग के लिए अभिन्न मित्र उज्ज्वल त्रिवेदी का आभारी हूँ। उज्ज्वल एक एस्ट्रोगुरु की तरह जीवन में आये और उन्होंने पहली बार कुण्डली पढ़ना सिखाया। बेहद सहजता के साथ एस्ट्रोलॉजी की ए टू ज़ी सिखाने के लिए कैलिफ़ोर्निया में रहने वाले मॉडर्न एस्ट्रोलॉजर कपिल राज और उनके यूट्यूब चैनल का हृदय से आभार।